MW01240813

Table des matières

Suicides
Parallèles

Suicides parallèles

Le visage pur et lisse d'Amal se reposait sur ses yeux en amande. Son regard habité et lumineux trahissait son corps totalement inerte. Et pour cause, à l'âge de 18 ans, la jeune femme venait de se donner la mort.

Isolé au beau milieu d'une grande pièce vidée de tous ses meubles, son cadavre, froissé et calciné, tranchait avec sa soyeuse frimousse.

À une dizaine de mètres de là, se tenait fermement sur le balcon, une assez jeune et grande femme, à la chevelure toute ondulée. Au-dessus de laquelle on pouvait apercevoir une épaisse fumée de cigarette s'échapper.

Ses jambes arquées et tremblantes laissaient transparaître une grande colère et une solide fébrilité.

Il ne pouvait y avoir le moindre doute sur le lien affectif que partageaient ces deux personnes.

Suicides parallèles

Quelques semaines auparavant, Amal était toute heureuse, voire impatiente, de débuter ses cours à la faculté de Droit. Logeant dans la résidence universitaire collée au prestigieux établissement, l'innocente demoiselle avait dû quitter sa famille, vivant au nord-est de Casablanca, à 400 kilomètres de là, sitôt son baccalauréat en poche. Studieuse et enthousiaste, elle n'en oubliait cependant pas les impératifs de sociabilité. En particulier vis-à-vis de ses camarades de nuitées, masculins et féminins. Aidée en cela par un sourire franc d'une profonde candeur.

La preuve d'une immense simplicité et d'une contagieuse convivialité.

Malheureusement certains mâles prenaient toutes ces qualités humaines comme une occasion et une invitation à produire leurs instincts les plus bestiaux.

Suicides parallèles

Notamment, Adil, le plus sournois d'entre eux.

Malgré une apparence des plus avenantes.

Entamant allègrement la seconde moitié de la

vingtaine, ce bellâtre multipliait les conquêtes,

profitant de sa longue présence, sur les lieux,

dépassant les 7 ans.

Doté d'un fort et grand gabarit, ainsi que d'un

sourire ravageur, ce monstre de narcissisme ne

supportait pas l'échec, dans quelque domaine

que ce soit.

Il avait rapidement repéré Amal et l'abhorrait

farouchement, et ce, même s'il lui témoignait le

parfait inverse, préférant tenter de la posséder

plutôt que de l'éviter. L'assurance naturelle de sa

proie, toute en humilité, devint pour ce vautour

de la pire espèce, la plus effrontée des

provocations. Surtout, cela lui renvoyait en pleine

figure les pires souvenirs de son passé. La seule

raison de son égo profondément tourmenté.

Suicides parallèles

Un soir, profitant du dysfonctionnement d'une caméra de surveillance et de l'absence momentané de l'agent de sécurité, Adil tapa à la porte de la chambre d'Amal.

Lorsque l'innocente jeune fille lui ouvrit, une vive et surprenante force l'assaillit, ne lui laissant la moindre chance de réaction.

Afin d'éviter tout cri et ainsi risquer d'alerter le voisinage proche, le violeur enfonça un foulard dans la gorge de sa victime.

Et l'irréversible se produisit...

Après un long moment d'absence mentale, Amal se retrouvât seule sur son lit, ses vêtements complètement déchirés.

Péniblement, elle se dirigea vers la douche et laissa couler l'eau sur son visage sans pouvoir fermer les yeux. Un geste devenu impossible. Un

nouveau réflexe de vigilance, dictée par
l'angoisse, pour celle qui venait de perdre à
jamais sa glorieuse mais fatale insouciance.
Immobile mais debout, elle cherchait à
comprendre l'inexplicable. En vain. Se sentant
coupable ou, tout du moins, responsable, la
douce demoiselle essayait de trouver l'élément
de son propre comportement qui avait pu
déclencher pareil destin.

La raison rapidement retrouvée, l'esprit de
l'étudiante était désormais frappé par une
dévorante densité de souvenirs et de réflexions,
dont les mécanismes engendraient de
dévastateurs cheminements de pensées.

La victime avait vu le visage, pourtant
méconnaissable sur l'instant, de son agresseur.
Choquée, trahie et humiliée, elle ne parvenait
toujours pas à relever le début d'une piste
logique.

Suicides parallèles

Et demeurait cloitrée le restant de la nuit dans la salle de bain, demeurant le plus possible à l'écart du lieu du crime.

Cependant, à l'aube, fragilisée par la fatigue mais tirant une paradoxale force naturelle du choc et de l'indignation, Amal eut le courage et la témérité nécessaires pour changer ses draps, qu'elle eut d'abord envie de bruler, avant de les mettre dans un sac poubelle, plaçant ce dernier dans un endroit caché de la chambre, plus précisément sous son bureau.

Elle décida, afin de tenter de se changer les idées, de regarder la télévision sous sa couette, quitte à sécher, pour la première fois de son existence, ses cours.

Mais, les flashbacks refusaient de quitter son cerveau.

Et continuaient de dévorer ses neurones. Le temps de propager son traumatisme jusqu'au reste de son corps, et de faire vibrer chaudement les veines de ses bras tout en provoquant de profonds frissons dans ses mollets. Le début d'une interminable série de crises d'angoisse.

La stupide et entêtante impression que l'on va mourir dans les minutes qui arrivent. La difficulté, ou l'oubli à cause du stress, de respirer. Une vive confusion, unique résultat de la prise de pouvoir de l'émotionnel sur le rationnel.

Amal sortit de la résidence vers 13 heures pour prendre l'air, mais surtout, marcher. Son seul espoir de se calmer et de tenter de reprendre un semblant de contrôle sur la situation.

Au bout d'une heure, la vitamine D commença à faire son effet. Et la jeune femme retrouvait enfin sa lucidité.

Ainsi, elle comprit qu'elle n'avait absolument rien à se reprocher.

Suicides parallèles

Sauf, peut-être, au moment d'ouvrir la porte.

Mais la résidence était censée être entièrement sécurisée.

Également, elle ne pouvait prévoir la violente et surprenante attaque d'un homme, bien plus puissant et imposant qu'elle et qui s'était avéré charmant jusque-là.

Cette situation de détresse devenait beaucoup moins complexe car amputée de l'accaparant sentiment de culpabilité.

Alors qu'elle recommençait à peine à respirer normalement, Amal retint à nouveau son souffle lorsqu'une inévitable coïncidence, teintée d'une ironie particulièrement sadique, fit son apparition. La récente victime croisa le regard de son bourreau. Sous la forme d'un clin d'œil totalement méprisant accompagné d'un sourire narquois, suivi de rires forts et gras, que partageait le violeur avec quelques témoins de sa vulgarité et de son orgueil mal placé.

La peur envahissait l'étudiante. Tétanisée, cette dernière prit, bien plus que la veille, conscience de toute son impuissance.

Une colère glaciale s'emparait de tout son être, empêché par la peur de se transformer en rage. Tout comme par la honte.

Il fallait se rendre à une certaine évidence, la silencieuse fureur n'allait jamais s'estomper.

Puisque la bouillante humiliation ne cesserait jamais, entretenue et relancée par de probables et multiples rappels de cette vile ignominie.

La seule solution ne pouvait être que la justice, légitime et implacable.

Mais à quel prix? Et dans quelles conditions ?

Le mal étant déjà fait, le soulagement de la reconnaissance et de la punition du crime serait-il suffisant pour combler tous les méfaits du déshonneur ? Sans oublier toutes les séquelles physiques et morales.

Aux yeux d'Amal, rien n'est pire que la souffrance silencieuse résultant d'un cruel non-dit.

La vérité devait donc éclater coûte que coûte.

À son retour à la résidence universitaire, l'enfant de Taza s'empressait d'aller consulter l'agent responsable de toute la sécurité de l'étage où elle était logée.

La désillusion fut immense lorsqu'elle apprit que, non seulement le matériel de vidéosurveillance était en panne mais, de surcroît, l'employé moustachu n'avait absolument rien constaté d'anormal la veille à l'heure du crime.

La seule façon pour ce modeste bonhomme de rejeter sa faute et son coupable manquement. Plutôt que de perdre son temps à polémiquer avec l'incompétence, Amal décida d'aller voir sa camarade de promotion la plus proche afin de tout lui raconter. Et de lui demander de judicieux conseils.

L'exercice pénible et solennel ne manqua cependant pas d'apaiser la jeune femme en peine. D'autant plus, que dans son malheur, elle eut la chance de tomber sur une âme, profonde et bienveillante, répondant au sage prénom de Halima. Une connaissance assez récente mais ô combien opportune voire salvatrice.

Logiquement, cette précieuse amie lui suggéra d'aller voir l'administration de l'établissement et, si possible, son sommet. Tout en lui garantissant qu'elle l'accompagnerait.

Lorsqu'elles se retrouvèrent face au directeur, ce dernier ne sembla guère surpris par la révélation qu'il venait d'entendre. Mais apporta rapidement une fin de non-recevoir, prétextant l'absence de preuves. Et tua dans l'œuf la simple éventualité d'un recours à d'autres autorités, n'hésitant pas à sortir la menace de l'exclusion définitive.

Les deux demoiselles ignoraient, l'ampleur de la richesse de la famille d'Adil, et donc, par conséquent, l'immense influence que son père pouvait exercer ...

Ajoutons à cela, la publicité négative d'un tel « incident », et les raisons de vouloir étouffer cette « affaire » devinrent, de suite, beaucoup plus limpides.

Cependant, Amal n'en avait cure de cet inutile et lâche ultimatum. Sitôt rentrée, elle appela sa sœur, d'un peu plus de quinze ans son ainée, une inspectrice chevronnée de la police de la capitale économique. Mais son téléphone était éteint, et sa frangine n'eut ni l'envie, ni le courage de laisser un message. Et préféra attendre un éventuel mais lointain rappel.

Suicides parallèles

Il était 19 heures, le moment pour tous les résidents du campus d'aller diner. Bien qu'elle n'ait absolument rien avalé depuis un peu moins de 24 heures, la jeune Tazia n'avait encore le moindre appétit et craignait son nouveau face à face avec Adil. Mais elle comptait bien, cette fois-ci et dorénavant, affronter la présence de son tortionnaire, armée par le soutien physique et moral de Halima. Ce qu'elle réussit à faire, avec une inébranlable audace, au grand dam du jeune homme de « bonne » famille.

Un affront, pourtant mérité, qu'il ne tarderait pas à lui faire payer.

Le lendemain, la nouvelle semblait s'être répandue dans toute la faculté sous forme de rumeur biaisée. Si le viol s'était transformé en rapport sexuel mutuellement consenti, la partie concernant la plainte d'Amal au directeur de la résidence universitaire demeura inchangée.

Suicides parallèles

Les regards méprisants et les paroles médisantes allaient déjà bon train. On pouvait entendre notamment :

- « Comment un bel homme, musclé et populaire aurait-il pu avoir ne serait-ce que l'envie d'abuser d'une petite fille boulotte et sans la moindre envergure ? »
- « Elle n'a pas assumé la perte de sa virginité donc elle a menti, c'est certain. »

Ou encore :

- « Elle était jalouse de sa beauté et de sa richesse donc elle l'a accusée à tort. »

Amal venait de subir sa quatrième humiliation en un peu plus d'un jour. Sans compter, l'absence de réponse de sa sœur aînée.

Seule alliée, Halima ne faisait pas le poids devant ce torrent de dédain abject et sans le moindre fondement.

Suicides parallèles

Elle partageait complètement l'incompréhension de son amie sur cet environnement direct, petit mais fidèle échantillon de la société, qui se permettait de juger sans savoir et de condamner définitivement toute personne. Un verdict plus facile à choisir que d'aller contre ses propres préjugés.

Aux abois, la victime de son bourreau et de son propre entourage était désormais noyée par ses handicapantes émotions. Et se sentait beaucoup plus impuissante. Il ne lui restait qu'une seule chose à faire. Un baroud d'honneur dont elle espérait qu'il enverrait le parfait message.

Au pire, son unique et véritable amie se chargerait d'en être l'héritière.

Le soir, elle acheta un bidon d'essence d'un litre qu'elle déversa intégralement sur ses vêtements en prenant bien garde à ce que la moindre goutte ne toucha son visage enfantin. Et se rendit au réfectoire pour le souper, armée d'un briquet. Le lieu étant vide, au moment de son arrivée, elle s'offrit son dernier repas d'auto-condamnée à mort et se gava de tout ce qu'elle s'était interdit, se découvrant, pour la première et ultime fois, un appétit dévorant et infini.

Alors que la salle s'était complètement remplie et que son voisinage commençait à s'interroger et à se plaindre de l'odeur du carburant, Amal se leva difficilement, l'estomac étouffé par son rassasiement et affolé par l'appréhension de l'acte final. Elle se présenta devant le roi de la soirée, le regarda fixement et s'immola. Paradoxalement, les brulures étaient glaciales, le corps de la future suicidée étant, au préalable, réchauffé par la frustration, l'écœurement et la détermination.

Avant de renoncer à son dernier souffle, la malheureuse fusilla une ultime fois du regard Adil

Suicides parallèles

ainsi que toutes celles et tous ceux qu'elle
considérait comme ses complices. Les lâches et
coupables silencieux, ainsi que les détracteurs
ignorants mais spéculateurs d'une vérité
rassurante car uniquement basée sur leurs
préjugés.
Tout ce joli petit monde semblant franchement
estomaqué voire dévasté, par cette scène finale,
accusa clairement le coup en assumant une prise
de conscience un poil tardive.

Non loin de là, à quelques centaines de mètres,
étudiait Hamza, à la faculté des sciences d'Ain
Chock.
Franchement réservé, ce geek de 20 ans excellait
dans son domaine et avait tout pour devenir un
brillant ingénieur informatique.
Il n'était pas spécialement attiré par la gent
féminine, sans être asexuel, pour autant.

Suicides parallèles

Il estimait que cette logique physique ne pouvait résulter que d'une certaine attirance cérébrale. Sa sociabilité se résumait à une poignée de camarades qui partageait les mêmes centres d'intérêt que lui. Sans être de grands amis ces derniers étaient des partenaires de discussions et de jeux, appréciés à leur juste valeur.

En général, la discrétion de Hamza lui permettait d'analyser son entourage proche, lors de sa scolarité. Mais ici, dans un amphithéâtre de plus de 500 personnes, la donne était naturellement différente. Surtout, avec les nombreux et réguliers absents.

Pourtant, il ne lui avait pas fallu énormément de temps pour scanner la personnalité de Camélia, 22 ans au caractère assez instable avec un besoin insatiable et permanent de séduction, voire de manipulation.

Suicides parallèles

Non reconnue pour être futée, la jeune femme avait cependant bien senti la distance du surdoué, ce qui l'agaça au plus haut point.

Un soir, elle eut le flair de se rendre dans un évènement organisé par une marque de jeu en ligne, sachant pertinemment qu'elle y retrouverait forcément le game-addict.

Arrivée en premier (ou presque) sur les lieux, afin de pouvoir planifier son stratagème et de contrôler, à la perfection, la situation, Camélia se sentait en terrain plutôt hostile. Refroidie par l'ambiance froide et timide, tout comme par la déco assez rude et absolument pas ergonomique, la longue et pulpeuse jouvencelle regrettait l'absence d'un comptoir ainsi que le fait que tous les sièges soient placés devant des écrans.

Transformant cette difficulté en opportunité, elle décida de s'installer devant l'avant-dernier poste, priant pour que Hamza prenne la place juste à coté. Ce que ce dernier fit, lorsqu'il débarqua enfin sur les lieux.

Surpris de retrouver la narcissique, il ne put refuser de l'aider à jouer et lui apporta les conseils et consignes nécessaires. La faute à une inébranlable courtoisie due à une éducation hermétique et rodée.

Tendu, le piège avait déjà capturé sa proie, même si cette dernière ne s'en était pas encore rendu compte.

Surtout, l'étudiant pensait s'être trompé sur le compte de la jolie nymphe, la jugeant de plus en plus authentique, au fur et à mesure que la soirée défilait.

Parfait gentleman, il décida de la raccompagner chez elle, à la grande surprise de ses camarades.

Un trajet lent et long, au cours duquel Camélia essaya de déclencher de nonchalantes discussions, mais se heurta à la nature taciturne

Suicides parallèles

de Hamza, qui ne sortait que des réponses courtes et froides.

Lorsqu'ils furent arrivés devant l'immeuble où résidait la fourbe demoiselle, celle-ci prétexta un sentiment d'insécurité afin de convaincre le jeune homme de monter avec elle jusqu'à son appartement.

Sitôt la porte de la demeure franchie, la locataire de ce lieu demanda à son invité de l'attendre quelques instants et de s'asseoir dans le salon.

Pris au dépourvu le jeune homme n'eut le temps de réagir. Et fut fortement surpris et gêné lorsqu'il vit la longue femme revenir toute nue de sa chambre. Ce qui le fit déguerpir, en toute vitesse.

Alors que la plupart des hommes (hétéros) placés dans cette situation auraient fort probablement saisi cette opportunité, Hamza avait préféré fuir.

Suicides parallèles

Ne se sentant pas encore prêt pour ce genre de
choses, le puceau, assez fleur bleue, ressentait,
en premier lieu, le besoin d'éprouver des
sentiments. Il lui fallait également comprendre
l'utilité et connaitre la finalité de cette action.
Enfin, il était particulièrement choqué du fait
qu'une personne offre son corps aussi facilement.
Comme pour répondre à une pulsion animale,
voire, à un subterfuge des plus sophistiqués.
De son coté, Camélia vexée et insultée du départ
précipité de son chevalier nocturne comptait bien
lui faire payer cet insupportable « outrage ». Et
possédait toutes les armes humaines pour mener
à bien son implacable vengeance.
Le seul moyen de colmater son orgueil déchiré et
d'assouvir sa fierté mal placée était de proférer
une accusation de viol. Pathétique et cruel
mensonge dont les conséquences allaient

forcément être plus importantes que la satisfaction d'un vulgaire caprice.

D'ailleurs, Camélia ne tarda pas à mettre son redoutable et sordide plan à exécution.

Dès le lendemain matin, elle raconta l'inénarrable à son officiel compagnon, le véritable dindon de la farce.

La colère noire et brulante de ce dernier l'empêcha de se poser les vraies questions : Pourquoi était-elle partie toute seule à cette soirée ? Et, surtout, pour quelles raisons avait-elle laissé un relatif inconnu l'accompagner jusque dans son domicile ?

Ces interrogations pourtant légitimes ne franchissaient guère le faible esprit de cette brute épaisse qui était désormais obnubilé par le coupable tout désigné.

Ainsi, il se rendit à l'université afin de le confronter.

Suicides parallèles

Dès qu'il le croisa, dans le creux d'un couloir, il l'agrippa fermement et commença à le ruer de coups, intensément. Jusqu'à ce que plusieurs personnes viennent séparer le grand gaillard. Sans réaction, Hamza ne comprenait pas ce qu'il se tramait et constatait l'exclusion de l'établissement de son assaillant, non inscrit à la faculté.

Agé de 30 ans, ce dernier travaillait dans le commerce et su rapidement qu'il n'avait le droit de risquer des démêlés avec la justice.

Cette lueur d'intelligence traversant son cerveau obtus se propagea jusqu'à parvenir à convaincre sa dulcinée de porter plainte à la police, pour viol.

Camélia, ainsi forcée de pousser la calomnie à son comble, avait l'occasion de prendre une revanche exagérément imméritée tout en jouissant du statut, injustifié et immérité, de victime.

Suicides parallèles

Au vu de son niveau assez bas de mentalité, sa décision était évidente.

Elle se dirigea donc, affublé de son compagnon, vers les autorités compétentes. Et poussa même la comédie jusqu'à verser des larmes de crocodile. Une immense prestation haute en couleur et fausse en émotions. Pourtant, tout le commissariat était convaincu de la sincérité de la belle effrontée.

Sauf Arif, un inspecteur impétueux qui assistait, en retrait, à la déposition de la plaignante.

Doté d'une grande sensibilité, qu'il avait toujours réussi à dissimuler à son entourage professionnel, de peur que cela soit considéré comme une faiblesse, Arif ressentait toute l'hypocrisie qui transpirait du témoignage de Camélia.

Suicides parallèles

Ayant une sainte horreur de l'erreur judiciaire, il insista lourdement mais efficacement pour reprendre cette affaire.

Fraîchement investi du dossier, il convoqua, sans tarder l'accusé.

Interloqué, Hamza le fut bien plus lorsqu'il apprit l'objet de sa convocation.

L'effroi provoqué par la nouvelle engendrait à son tour une longue stupeur.

Lorsqu'il retrouva enfin ses moyens, il narra sa version des faits, avec une précision si parfaite qu'elle en devint promptement pompeuse.

Cependant, il subsistait, en lui, une profonde incompréhension et une injuste humiliation.

Cette attaque dévastatrice et mensongère était un véritable affront pour celui qui se définissait intégralement le respect et l'innocence.

Peu importe la suite de cette histoire, le mal était déjà fait et allait forcément laisser des séquelles.

Suicides parallèles

Afin de définitivement dédouaner, dans les règles, Hamza de toute responsabilité, Arif contacta Camélia et l'invita à consulter une gynécologue habituée à collaborer avec la police, afin de prouver le présumé viol.

Sans surprise, le verdict du médecin confirma la vile duperie de la perfide et insolente demoiselle. Et l'affaire fut rapidement classée sans suite.

Au grand dam de l'odieuse diffamatrice pourtant obligée de poursuivre son infamie. Elle tenta d'ailleurs de lui donner plus de poids en obtenant un certificat d'un autre docteur. Un précieux document lui permettant de conserver les apparences et les avantages de la situation.

Et, pour enfoncer le clou, la fine stratège poussa le vice jusqu'à apostropher sa cible, en public, en réitérant, directement cette fois-ci, ses fausses allégations.

Suicides parallèles

Surpris et bouleversé par cette agression éhontée, l'innocent ne put réagir. Ce qui confirma sa culpabilité aux yeux de l'auditoire présent.

Sensible, pur et naïf, il cherchait encore, à se remémorer tous les faits et gestes qu'il avait réalisé, afin de trouver l'action qui avait pu générer pareille conséquence. Jusqu'à commencer à douter de sa propre innocence. En attendant de trouver cette réponse, il restait simple spectateur de son malheur. Certes, sa fuite du fameux soir manquait largement de délicatesse, mais, elle ne méritait cependant pas tant de haine, ni de rage.

L'altercation à sens unique fit rapidement grand bruit dans le milieu estudiantin casablancais. Et les réactions ne tardèrent guère. Si la gent féminine se contentait de regards glaciaux et méprisants, certains males profitèrent de cette

Suicides parallèles

affaire pour répondre à leur primal besoin
d'existence en lynchant Hamza, de la façon la
plus grossière et la plus lâche qui soit.

Affaibli, le solitaire n'eut même pas la possibilité
de compter sur ses camarades dont le courage,
nettement modeste, les forcèrent à se placer à
une distance plus que raisonnable du conflit.

Chagriné par la couardise de ses anciens acolytes,
l'ingénu était encore plus écœuré par la bêtise
collective.

De plus en plus affecté par son inique position, il
ne savait comment démontrer sa bonne foi, tant
ses calomniateurs étaient persuadés de tout
savoir et de tout comprendre. Pis, son éventuelle
tentative ne pouvait être que plus préjudiciable.

Perdu dans son mal être, ses souvenirs amers et
l'incompréhension de la bassesse humaine,
Hamza errait dans les rues de la ville blanche à la

recherche d'une lueur d'espoir, capable
d'éclaircir son moral morne et gris.

Mais ne sut reconnaitre la main tendue par Arif,
croisé au cours d'une sombre balade au détour
d'une rue.

Constatant la pâleur de son vis-à-vis, le policier
l'emmena au café le plus proche, sentant
l'arrivée d'un inévitable danger.

Il lui apprit la suite et la fin du dossier, classé
juste avant la première attaque publique qu'il
avait subie. Ce qui accentua sa consternation. Et
dénigra la promesse réalisée par l'officier de le
réhabiliter définitivement et efficacement. Un
geste généreux qui n'aurait réussi qu'à le plonger
encore plus dans le déshonneur et le désarroi, la
police étant totalement et localement
déconsidérée.

Suicides parallèles

Il se retira courtoisement donnant à son hôte un furieux sentiment d'impuissance et d'incompréhension.

Mais le moral de Hamza avait déjà atteint son point de non-retour. La décision de mettre fin à ses jours était définitivement entérinée et rien ne pouvait l'en dissuader.

Le lendemain, il répondit à son envie de partir, une dernière fois, à la mer qui l'avait toujours fasciné.

Il se reconnaissait dans sa pureté, mais, contrairement à lui, l'eau était inébranlable, insaisissable, inaltérable et renouvelable.

Il s'y jeta, espérant retrouver un sentiment de candeur et prouver à tous, son indéniable innocence.

Alors que son corps s'enfonçait, peu à peu, dans les profondeurs de l'océan, Hamza non gêné par sa privation d'oxygène se sentait, tout d'un coup, libre et éternel.

L'étouffement et la crédulité des derniers jours avaient laissé leur place à une infaillible lucidité. L'espace d'un instant qui sembla durer des heures, le néo-noyé devint spectateur de ses récents et profonds tourments comme s'il était une tierce personne.

Ce qui le libéra de ses regrets et de sa honte, lui dont la nature candide l'avait poussé à accepter et à assumer une part de culpabilité et la totalité de la responsabilité d'un incident qu'il n'avait pourtant jamais initié.

Ce jeune homme plein d'avenir et de talent aurait pu prendre son mal en patience ou quitter le pays voire le continent.

Mais il était beaucoup trop entier pour continuer à vivre dans un monde stupidement cruel. Et préférait donc le quitter, à tout jamais.

Suicides parallèles

Rapidement alerté et présent sur le lieu du suicide, Arif déplorait, avec stupéfaction, l'irréversible. Et contenait difficilement les foudres de sa fureur et de son dépit.

Lorsqu'il annonça cette mort à Camélia, cette dernière larmoya promptement et faussement, bien plus que d'habitude, prétendant regretter que son « bourreau » ne soit jamais jugé. Et de saisir l'occasion de cette disparition pour valider sa condamnation. Ce qui n'eut comme seule conséquence que le profond mais silencieux dégout de son interlocuteur.

Plus tard, elle se rendit à une soirée assez prisée, organisée dans une somptueuse villa, par Douhour, une parfaite inconnue qui avait invité de nombreuses personnes de plusieurs facultés, afin de se rappeler la nostalgie de son époque estudiantine.

Suicides parallèles

Une fois n'étant pas coutume, Camélia avait volontairement oublié de ramener son golgoth personnel, désirant exercer impunément et inlassablement ses charmes.

Feignant le désarroi et prétextant le besoin de se changer les idées, elle devait cependant faire profil bas et se laisser séduire, changeant ainsi radicalement de tactique.

Dans le but de devenir l'attraction de cette belle et grande party, elle salua son hôte qui était accompagnée d'Adil, étrangement et également présent, entamant une longue discussion avec elle et titillant sa nouvelle proie de discrets mais foudroyants regards ambigus.

La maîtresse des lieux s'éclipsant rapidement, le violeur avéré en profita pour tenter d'amener sa nouvelle prise dans une des chambres du premier étage.

Suicides parallèles

Cependant, cela allait radicalement à l'encontre des plans de Camélia qui comptait bien utiliser son nouveau chevalier pour attirer l'appétit des uns et la jalousie des autres et n'eut comme seul choix que de se laisser désirer par son appât. De plus en plus impétueux.

Il arrivait pourtant à garder son calme ainsi que sa patience. Et fut rapidement récompensé par la providence.

En effet, Douhour emmena discrètement l'attraction nocturne dans une pièce isolée. Et lui apporta un réconfort inattendu au sujet des derniers évènements qu'elle prétendait avoir subi.

Avant de s'éterniser, la discussion fut interrompue par un appel reçu sur le portable de Douhour, celle-ci s'éloignant afin de pouvoir répondre tranquillement.

Suicides parallèles

Adil, qui avait suivi les deux femmes et était resté à l'affût dans un endroit proche mais discret, sauta sur l'occasion pour surprendre Camélia, utilisant exactement le même mode opératoire que pour Amal.

Rapidement et entièrement dévêtue, la jeune femme sans défense était convaincue qu'elle allait subir son premier viol mais était beaucoup trop fière et choquée pour regretter son cruel mensonge passé.

Fort heureusement, elle fut sauvée in-extremis par l'intervention efficace d'Arif, armé d'un pistolet, suffisant pour neutraliser et refroidir l'allant de l'agresseur.

L'inspecteur fut aidé dans son arrestation par l'aide de sa collègue qui n'est autre que l'organisatrice de cette fausse soirée, au grand étonnement du bourreau et de sa presque victime.

Suicides parallèles

Douhour n'était pas qu'une représentante de l'ordre et de l'autorité. Elle était avant tout la grande sœur d'Amal, et à un degré moindre, la l'épouse d'Arif.

Les deux conjoints avaient soigneusement voire machiavéliquement préparé cette double tromperie. Dans le seul but de prendre en flagrant délit un violeur persuadé d'être au-dessus des lois et de la morale. Mais également, de donner une leçon à Camélia.

La policière n'hésita d'ailleurs pas à la sermonner avec un summum de condescendance illustrant fidèlement son mépris.

Elle espérait également que ce traumatisme dissuaderait, à l'avenir, la perverse d'incriminer qui que ce soit, à tort.

Elle conclut sa réprimande en affirmant que la fausse accusation d'un viol était aussi forte et dévastatrice que ce crime. Et de rappeler que cette calomnie éhontée avait provoqué le suicide d'un homme innocent.

Ce qui justifiait une telle mise en scène, sombre et éprouvante.

Malgré la fin de cette sordide mais prenante affaire, le couple de policiers restait dans cette splendide demeure, s'installant dans le salon coquet du rez-de-chaussée. Ils avaient tous deux beaucoup de mal à classer, émotionnellement, un dossier aussi primordial à leurs yeux et dans leurs cœurs.

Justice avait été rendue mais bien tard, comme cela est trop souvent le cas.

Douhour se repentira à jamais de ne pas avoir été présente pour sa sœur, et donc, de ne pas avoir pu empêcher l'évitable.

Arif reconnaissait en Hamza son jeune frère, disparu beaucoup trop tôt, également, dans un accident de voiture, auquel il aurait pu échapper s'il avait été moins orgueilleux et influençable.

Les époux repoussaient même l'idée d'un soulagement quant à la résolution de cette histoire.

Ils parvenaient, à chaque fois, à arrêter les malfaiteurs, mais constataient avec fracas le niveau de certaines mentalités et surtout la difficulté de les faire évoluer.

L'éternel sursis

Printemps 2017. Abbas s'apprête à revoir son grand cousin Kaïs, de 17 ans son aîné. La veille, il avait reçu un appel téléphonique de sa part, après des semaines voire des mois, sans la moindre nouvelle.

Le jeune homme, assumant timidement ses 35 ans, appréciait l'intelligence et la bienveillance de son vieux compère, qu'il ne voyait que par périodes. Mais, qu'il retrouvait toujours avec le même et indicible plaisir.

L'éternel sursis

Lors de cette entrevue familiale, le célibataire de plus en plus endurci, confia au quinquagénaire sa relation sexuelle et non protégée, avec une prostituée, survenue quelques années auparavant. Le 14 août 2013, pour être précis. La réponse au récit ne fut guère réconfortante. Cruel euphémisme.

L'attente d'un soutien bienvenu se transforma en la glaciale réception d'un sermon si laconique, qu'il était impossible de savoir s'il s'agissait d'une salvatrice mise en garde ou d'une vexante et inutile condamnation morale. En rentrant chez lui, Abbas se perdit dans ses pensées et ses troublants souvenirs...

Tentant de démêler la profonde complexité de sa situation, le jeune homme se demandait comment il avait pu commettre pareille erreur et bafouer un vieux principe, supprimant par conséquent une grande partie de ses repères.

L'éternel sursis

Il avait toujours refusé de payer pour la bagatelle, refusant même une relation privilégiée avec une jolie personne, qui ne lui aurait coûté qu'une somme dérisoire, quelques années auparavant.

Un respect bien plus motivé par l'orgueil que par un code moral où le respect de la gent féminine.

Cette fierté se reposait entièrement sur la faculté de séduire par autre chose que par son portefeuille. Du moins, pas avant d'avoir perdu sa lourde virginité.

Mais une fois ce cap passé, une nouvelle donne psychologique s'était mise en place, tout comme de nouvelles exigences. Purement physique, pour l'essentiel d'entre elles.

Sans oublier, cette curiosité de connaître humainement des travailleuses du sexe, comme pour en écrire un roman ou en réaliser un documentaire. Grotesque et dangereuse idée. Surtout, lorsque l'on sait que les péripatéticiennes marocaines n'osent ou ne désirent se livrer sur leurs existences tumultueuses.

Ce qui nous ramène à cette douloureuse nuit du 13 au 14 août 2013, à la veille de l'Aïd al-Adha (ou l'Aïd el-Kebir).

S'ennuyant, Abbas avait choisi ce moment bien précis pour se rendre sur la corniche, boulevard de la côte casablancaise. Avec un objectif bien précis, passer la soirée dans un lieu assez mal fréquenté pour rencontrer des femmes qui connaissaient la "vie". Mais il avait oublié qu'en cette soirée religieuse, tous les endroits nocturnes de la ville étaient fermés, pour ne pas dire tous ceux qui vendaient de l'alcool.

Le trentenaire possédait ce vil péché d'orgueil de bavasser longtemps avec des professionnelles, sans refuser d'entrer dans leur jeu de séduction et les négociations tarifaires. Il était persuadé de rentrer seul chez lui, par la suite, après avoir accompli "l'exploit" d'avoir su résister aux diverses tentations.

Pourtant, il reçut une dure leçon philosophique sous forme de clin d'œil du destin. Constatant la fermeture de la boîte de nuit où il comptait aller, le solitaire se retourna et vit une mendiante lui quémander de la monnaie. Ce que le jeune homme lui octroya, tout en gardant ses yeux rivés sur la jolie demoiselle assise sur le même banc public que la nécessiteuse, bien plus âgée. Cette dernière lui demanda d'ailleurs s'il était intéressé par les « services » de sa belle accompagnatrice. Se sentant désespérément seul et voulant accomplir sa quête de découverte, il accepta. Malgré une inébranlable réticence qui comptait bien prendre sa revanche.

Pendant qu'il montait dans le petit taxi qui allait les mener chez lui, le misérable constata que la femme de forte corpulence réclama, sans la moindre discrétion, sa « commission » d'avance à la prostituée. Ce qui engendra l'arrêt de la voiture par un policier, quelques mètres plus loin. Mais, dans un mélange d'agacement et de mansuétude, l'agent laissa couler et le véhicule rouge put reprendre sa route, en chemin vers le domicile d'Abbas.

Rapidement arrivés dans la chambre du célibataire, celui-ci sortit 500 dirhams de son portefeuille (la somme convenue entre les deux parties), la déposa sur sa table de chevet et déclara à son interlocutrice, qu'il ne souhaitait avoir le moindre rapport sexuel, malgré le paiement. Mais la demoiselle insista. Sans être obligée de le faire lourdement. Néanmoins. Demandant la direction de la salle de bains, elle fut instantanément rejointe par son client qui obtint automatiquement une fellation, le sexe déjà affublé d'un préservatif.

De retour sur le lit, le cœur de l'homme perturbé pervertit son cerveau, le rendant affreusement stupide en le poussant à retirer sa protection.

Par la suite, il tint compagnie à la professionnelle jusqu'à ce qu'elle puisse monter dans un taxi, après avoir sèchement refusé une majoration du montant versé. Un détail assez vexant et qui démontre toute l'étendue de la naïveté d'une personne imaginant qu'une catin pouvait consentir une relation sexuelle pour des motifs autres que financiers.

Avant de rentrer à son domicile et prendre une précieuse douche, Abbas effectua une longue marche censée l'aider à réfléchir. Mais sa lucidité n'intervint que bien plus tard, après des heures de sommeil et un réveil assez difficile. C'est à ce moment bien précis qu'il comprit l'ampleur de son erreur d'appréciation et rechercha tous les risques de son acte évitable, idiot et infiniment périlleux.

Juste après avoir ingurgité son café matinal, il rechercha sur le net sur tout ce qu'il y avait attrait au Sida, sa durée d'incubation et ses modes de contamination mais sans encore trouver leurs statistiques. En discutant sur Facebook, à propos de cet inquiétant sujet, avec une vieille connaissance qui est un médecin généraliste, il découvre le TPE (Traitement Post-Exposition). Ce médicament peut empêcher de contracter le VIH et assume une efficacité de 90 %, dès lors qu'il commence à être administré entre 24 et 48 heures après la probable contamination.

Toutes ces recherches et ces découvertes n'avaient pas réussi à tranquilliser l'esprit d'Abbas. Bien au contraire...

L'éternel sursis

En voulant trouver des raisons argumentées d'évacuer ce problème, il s'y est plongé en profondeur.

Cette prise de tête bien plus émotionnelle qu'intellectuelle rejeta son sommeil. Et après quelques heures d'une dense et incessante tracasserie, une crise d'angoisse survenait. La première de sa vie, ou du moins la plus inquiétante car semblant sans la moindre issue. Son inexpérience ou son manque de préparation à ce phénomène lui laissa croire qu'il allait rapidement succomber à une attaque cardiaque. Ce sentiment était principalement inspiré par l'emballement de son cœur et surtout de son rythme. Etouffant de plus en plus à cause de cette oppression mentale, il eut la judicieuse idée de raconter toutes les causes de son tourment à sa mère, malgré sa honte abyssale et sa crainte de se heurter à un mur à pleine vitesse ou pire encore : entendre les plus gros sermons qui auraient alourdi la situation.

Fort heureusement, sa maman eut la parfaite réaction et d'excellentes paroles, parvenant à apaiser le fraîchement bouleversé.

Ainsi, Abbas repartit se coucher en se martelant qu'il ne fallait jamais crier avant d'avoir mal.

Le lendemain matin, il alla à l'hôpital où il reçut divers consignes, surpris par le professionnalisme du personnel médical et de sa faculté de réponse à toutes ces questions. La clinique qu'il avait visitée la veille pour le même motif souffrait largement de la comparaison avec l'établissement public.

Conformément aux recommandations du docteur, il se fit vacciner contre l'hépatite à l'Institut Pasteur et analyser son sang dans un laboratoire de son quartier. Sans oublier le fameux TPE, donné par le médecin.

L'éternel sursis

Un traitement surement salvateur mais également une épreuve assidument douloureuse. Il le débuta près de 40 heures après l'acte à haut risque. Pendant un long mois, il prit deux fois par jour, à un intervalle strict de 12 heures, deux gros cachets, presque aussi larges que le gosier. Littéralement, une pilule dure à avaler.

Il s'aida de l'alarme de son téléphone portable afin de respecter scrupuleusement les délais, cruciaux dans la performance du médicament.

Abbas n'oubliera jamais le seul effet indésirable : Une diarrhée survenant tous les 2 jours quel que soit le complément utilisé pour la prévenir.

Inévitable et épuisante, physiquement et psychologiquement, elle était bien plus brûlante que toutes celles qu'il avait connu auparavant. Mais si c'était le seul moyen d'éviter une maladie incurable qui gâcherait le restant de son existence, il en accepterait le prix sans sourciller.

Et l'assuma, malgré les vives réticences de sa mère, et sa peur des conséquences à long terme sur sa santé.

Il ne pouvait savoir l'influence néfaste que cela aurait sur son moral, se persuadant, en quelques semaines, sans le moindre fondement qu'il était séropositif. Une intime conviction facilitée par 3 tests sanguins en 6 mois au verdict certes négatif mais dont l'attente a eu un sévère impact sur son système nerveux et son esprit. Tout comme la douloureuse chiasse qu'il se coltina 15 fois en 30 jours.

Traumatisé, il avait cette certitude paranoïaque que toutes les femmes qu'il rencontrait étaient sidatiques. Ce qui enfouit son jugement dans une seule appréhension, oubliant les autres dangers, non moins irréels.

Cette anxiété se manifestait par des tocs, aussi complexes qu'incohérents, se développant avec le temps. Mais l'utilisation du préservatif est plus ardue que la vérification des lumières éteintes ou des portes fermées. Surtout, le constat du résultat est beaucoup moins évident ou bien plus latent. En outre, il n'est pas aisé de savoir si le port de la capote ne doit se résumer qu'au rapport anal ou vaginal ou s'il doit également être effectif lors du sexe oral.

Une donnée importante et perturbante pour Abbas, qui, une après-midi de 2014, avait renoncé au condom, lors d'un intense ébat sexuel, après une fellation, effectuée sans. La nuit qui s'ensuivit fut particulièrement inquiétante et frustrante, le trentenaire se reprochant fortement ce nouvel oubli volontaire, consécutif à ce perturbant trouble.

Par contre, deux ans plus tard, il se sentait irréprochable malgré un rapport encore non-protégé, car l'objet en latex s'était déchiré.

L'éternel sursis

Le danger était pourtant radicalement le même.
Finalement, pour Abbas, le plus important n'était
pas de contracter telle ou telle IST, mais d'en être
le seul responsable, suite à une omission ou une
négligence coupable.

Comme le jugement peut l'être parfois.

Quelques mois après l'histoire du préservatif
déchiré, il s'aventura dans une relation assez
torride et légèrement violente avec une fine mais
élancée demoiselle, à la peau d'ébène.

Le premier rapport sexuel fut protégé, ce qui
n'est pas le cas de tous les autres. Une énième
erreur d'appréciation puisque la personne se
révèlera être lourdement volage et, par
conséquent, une menace ambulante.

Cependant, le jeune homme parvint à relativiser
cette inutile et empoisonnante relation en
plaçant sa candeur au rang de vertu, et donc, de
justification, solidement argumentée.

L'éternel sursis

Si la conscience était tranquille, l'intuition d'avoir attrapé cette invisible maladie était forte, même si, tout au fond de lui, il savait pertinemment qu'il ne possédait dans son corps, ce célèbre et maudit syndrome.

Vivre avec l'impression d'avoir un virus incurable est déjà assez pénible, en soi. Surtout avec la perspective de ne jamais pouvoir fonder de famille afin de ne laisser courir aucun risque à autrui. Mais, recevoir, en plus, une mise en garde, aussi bienveillante soit elle, est difficilement acceptable, voire franchement blessante. D'autant plus qu'elle rajoute de la culpabilité au remord.

Toutefois, Abbas savait qu'il ne s'agissait que d'une maladresse zélée de la part de son vieux cousin. Et comptait bien sur leur prochain rendez-vous pour le lui expliquer. Ce qu'il ne manqua de faire dès qu'il le revit.

L'éternel sursis

En réponse, il réceptionna une fraîche anecdote angoissante dans sa forme, mais limpide dans sa vérité et sa faculté à remettre à sa place, le facteur « sexe » au sein de tous les types de contamination au VIH, à savoir le plus haut placé dans l'imaginaire collectif.

Dirigeant de 4 entreprises, Kaïs supervisait notamment un chef de chantier qui était venu le voir récemment pour lui confier les problèmes de santé de sa femme. Victime d'une maladie assez dense et vive, elle souffrait de symptômes aussi nombreux qu'inexplicables. Du moins, avant de recevoir les examens médicaux, exécutés sur les recommandations de Kaïs.

Et l'implacable nouvelle tomba, tel un couperet. La femme du chef de chantier était séropositive. Et la cause semblait évidente : elle avait été contaminée par son propre mari.

L'éternel sursis

Ce dernier avait, dans le cadre de son travail, passé un peu plus de 4 années à Safi. N'hésitant pas à avouer à son employeur la multitude de rapports sexuels, qu'il avait pratiquée avec des travailleuses du sexe, lorsqu'il résidait dans la cité portuaire, située à 240 kms de Casablanca, il avait cependant catégoriquement affirmé s'être toujours protégé. En ce cas bien précis, comment aurait-il pu infecter sa tendre moitié ? Se pourrait-il qu'il ait utilisé, une fois ou deux, voire plus, un préservatif défectueux ? Où aurait-il tout simplement menti ? Afin de se donner bonne conscience face à l'impitoyable regard extérieur.

Les déboires du malheureux rappelaient à Abbas, son propre désarroi. Et le confortaient dans son utilisation préventive du TPE. Et ce, même s'il ne pouvait avoir la moindre certitude sur la séropositivité de son hasardeuse partenaire.

L'éternel sursis

Paradoxalement, l'audacieux, bridé par ses états d'âme, ne s'auto-flagellait pas trop après l'énoncé de cette terrible histoire.

Sans nul doute, les agissements du volet contradictoire de son esprit.

Instinctivement, il cherchait les arguments pour contrecarrer l'impitoyable leçon de cette bouleversante et consternante narration. Et n'avait pas à chercher bien loin.

Car, entre sa propre mésaventure et l'édifiant potin qu'il venait d'écouter, le désemparé avait eu le temps ainsi que l'occasion d'échanger et de se laisser conter, à maintes reprises. Ayant eu notamment vent de l'expérience d'un personne qui avait pratiqué des rapports sexuels non-protégés, plus d'une vingtaine de fois avec des prostituées. Ce qui l'avait fortement rassuré. Sur le moment.

L'éternel sursis

Ce baume au cœur était beaucoup trop léger pour affronter un torrent de peur et d'appréhensions.

Surtout, en matière de VIH (ou n'importe quelle autre IST), tout est une question de pourcentages. Une loterie morbide, en somme.

Ainsi, il est impossible de savoir si l'on sera aussi malchanceux que la malheureuse Charlotte Valandrey qui a attrapé le Sida avec le premier amour de sa vie, dans les années 80. Ou, veinard comme Rocco Sifredi, qui depuis plus de 35 ans s'adonne au sexe le plus dangereux, sans la moindre protection, avec une carrière pornographique estimée à 836 films. Pour l'instant.

Sa bisexualité, assumée en 2017, est un facteur pouvant nettement agrandir le risque.

La seule solution, pour éviter ce piège sanito-émotionnel, lorsque l'on ne veut pas sortir couvert, demeure l'abstinence. Moyen d'ailleurs fermement préconisé par l'église catholique. Comme si le commun des mortels pouvait s'en contenter. Et s'en accommoder sur le long terme. Contrairement à ce que prêche le christianisme, de la même façon que les autres religions monothéistes, le sexe avant le mariage est difficile, voire impossible, à bannir. S'il a été prouvé scientifiquement qu'une libido régulière avait des effets positifs sur notre santé et notre longévité, l'abstinence peut avoir de mauvaises répercussions sur notre psychisme. Avec comme néfastes conséquences, frustrations, pulsions non contrôlées et aggravation de la dépression.

Il serait donc plus intelligent et opportun de moderniser son logiciel dogmatique. En particulier, sa communication, largement dépassée par nos sociétés. Le mariage n'empêche pas forcément d'attraper le sida, puisqu'une partie des conjoints finit par baisser totalement sa garde pendant que l'autre batifole dans son coin. Alors que certaines relations concubines, souvent très longues, ont permis de constater sérieux et fidélité. Et sont plus le signe d'un amour choisi que d'une alliance forcée.

Le réel souci d'Abbas est sa difficulté voire son impossibilité de construire une relation sérieuse et durable.

Pourtant, il avait toutes les qualités requises pour mener à bien ce genre de destin sentimental.

Pur, attentionné et originalement romantique, il avait une haute idée de ce que représentait l'âme sœur.

Et le lien qui en découlait. Une somme d'exigences idéalisant l'amour mais capable aussi d'annihiler tout espoir de fonder une famille unie, s'il ne réussissait à trouver les conditions minimales pour la solidification du couple et sa durée, si possible aussi longue que sa vie.

Avant tout, le célibataire endurci cherchait une relation d'égal à égal et ne supportait le vice ou la malice. Notamment, certaines personnes feignant la soumission pour mettre en œuvre leurs manipulations.

Cependant, il se considérait tout autant responsable de ce désastre affectif.

Enchaînant les centaines de flirts, plus spirituels que physiques, il avait certainement dû mal juger certaines femmes. Et aurait donc déjà pu vivre avec l'une d'entre elles, dans un foyer comblé. D'autant plus qu'après une sévère multiplication de rencontres, le jeu de la séduction devient, à force, ennuyeusement rédhibitoire. Surtout lorsque l'on sent qu'il n'en vaut plus forcément la chandelle.

L'éternel sursis

Le modèle de son père, incorrigiblement infidèle, poussait Abbas, d'un côté, à avoir un comportement irréprochablement vertueux, signe d'une fierté, plus ou moins mal placée. Mais de l'autre, ce même paternel exerçait son emprise, en encourageant sa progéniture à multiplier les conquêtes, le sachant encore puceau à un âge assez avancé.

Le seul avantage produit était la parfaite connaissance de tous les types de comportements féminins.

Par contre, cela avait également engendré une vive intolérance à toutes les manœuvres malhonnêtes de quelques demoiselles, soucieuses de se venger des vauriens de leur passé ou d'affirmer leur fausse personnalité.

À choisir, il aurait préféré n'avoir connu qu'une seule personne dans son existence. Idéalement un amour de lycée. Le plus beau de tous.

Surtout, lorsqu'il ne se termine qu'à la mort de l'un des deux concernés. Pour cela, Abbas aurait, sans hésiter, échangé les plus de 500 amourettes qu'il avait expérimentées, contre l'infime espoir de vivre le grand amour. Fort, dur, et singulièrement vrai, ce dernier n'aurait certainement pas été facile à bâtir sur le long terme. Mais éminemment savoureux à apprécier. D'ailleurs, il aurait pu effacer tous les complexes de l'éternel damoiseau. Précisément, les plus profonds d'entre eux, dont l'origine provient d'une adolescence cruellement accablante, et ses souvenirs demeurant difficilement soutenables. Tout en conservant le mérite de lui avoir forgé son orgueil. Une solide armure lui permettant, non seulement, d'assumer ses ambitions les plus légitimes, mais aussi, de relativiser ses plus grandes déceptions. Ainsi que ses blessures.

L'éternel sursis

En attendant, il appréhendait les rencontres féminines, aussi stupidement qu'un jockey craignant de remonter à cheval après une terrible chute. Avec un danger assez similaire, mais une visibilité complètement différente.

Cette douce mélancolie allait être bouleversée lorsqu'Abbas reçut de Kaïs la fin de la poignante histoire de son chef de chantier et de son épouse, déroutante après un ultime et retentissant rebondissement.

Cette dernière était morte après quatre années d'une maladie atrocement douloureuse et au final rigoureusement foudroyante. Mais son mari n'en était finalement pas la cause.

En fait, la femme avait été infecté au VIH, dans un hôpital, après une hémorragie résultante d'un accouchement difficile, se contaminant à cause d'une malheureuse et fatale transfusion sanguine.

L'éternel sursis

Son mari était constaté séronégatif. Ce qui n'était malheureusement pas le cas de son fils, né 6 ans plus tôt, dans une abominable mare de sang.

Inutile de polémiquer sur cette inconcevable faille sanitaire dans un établissement public d'un pays qui s'enorgueillit d'un système de santé doté de robustes structures, mais dont l'opacité permet d'éluder les éventuels scandales. Surtout, lorsque l'on sait que la France, modèle historique du Maroc, a eu son « Affaire du sang contaminé » éclatant en 1991 et qui a porté sur la période 1983-2003.

Impossible de savoir, pour le Maroc, le poids de la contamination au VIH par transfusion sanguine dans le nombre total, de personnes atteintes du Sida, estimé à plus de 20 000 personnes (dont 30% ignorant leur infection).

Il est cependant certain que ce mode de transmission est le plus élevé (90 %) dépassant largement les échanges de seringues usagées (25 %), le rapport sexuel anal (0,11%) et vaginal (0.08 %).

La meilleur preuve, de ces statistiques, est donnée par l'expérience du chef de chantier qui a eu des dizaines voire des centaines d'accouplements non protégés avec sa conjointe pendant quelques années.

Ce dernier, ignorant tous ces chiffres, ne pouvait être totalement apaisé par son état, indemne, de santé. Car il avait beaucoup perdu dans toute cette histoire. Et n'avait absolument rien à se reprocher.

Mais devait désormais gérer tout seul l'éducation d'un enfant séropositif, avec un emploi assez contraignant et chargé.

Toutefois, il fut assez inquiet, avant le résultat de ses analyses. Assez pour plonger, encore plus, dans la religion.

L'éternel sursis

Tout comme Abbas, qui, lors de son traitement post-exposition, avait imploré Dieu de l'épargner et de laisser son sang indemne. En échange, il s'était engagé à commencer à prier, après la certitude de ne pas être sidatique.

Une parole qu'il remplira d'acte, mais pour un mois seulement, lors du ramadan suivant.

Conscient qu'une promesse ne peut se tenir sur le long terme, il finira par abandonner, peu à peu l'Islam, jusqu'à se considérer comme déiste.

Estimant largement que croire en l'éternel suffisait amplement, il ne désirait souhaiter passer par la moindre interface pour s'adresser à son créateur.

Et savait pertinemment que Dieu laissait les humains libres de leurs actes mais seuls dans leurs conséquences. Peu importent les prières.

L'éternel sursis

Marqué à jamais par son traumatisme de 2013, il était convaincu qu'il en porterait toujours les stigmates et tout le stress.

Car, à l'opposé d'un accident de voiture où il suffit de monter à nouveau et d'attendre d'être arrivé à quai pour être rassuré, la MST, silencieuse, invisible et indolore à son arrivée mettait bien plus de temps à se révéler, avant de terrasser expéditivement sa victime.

Vivre dans cette crainte, fondée ou non, donnait l'impression de subir un éternel sursis.

Moroccan Gigolo

Lundi, 8 heures du matin. Comme chaque semaine, Fadil rentrait chez lui après avoir emmené Latifa à son bureau.

La quarantaine à peine entamée, il s'allongeait sur son canapé et allumait sa télévision, bloquée sur une chaîne d'informations en continu.

Exténué, il ne parvenait cependant pas à trouver le sommeil. Et se mit à réaliser son propre bilan.

Moroccan Gigolo

Depuis une quinzaine d'années, cet homme exerçait en tant que gigolo dans sa belle et grande ville de Casablanca.

Fait assez particulier, voire très rare dans sa profession, le longiligne (1m84 pour 71 kgs) sélectionnait rigoureusement sa clientèle.

D'emblée, il excluait les droguées et les sadiques. Sa préférence allait pour les femmes âgées entre 40 et 50 ans. Peu importe leur physique.

Lorsqu'il tombait sur la perle rare, il devenait exclusif. À condition, toutefois, de largement trouver son compte, d'un point de vue purement financier. Ce qui était franchement le cas avec Latifa, devenue sa mono-cliente depuis une longue période.

Femme d'affaires accomplie, juste en dessous de la cinquantaine, elle ne laissait transparaître la moindre faiblesse en public.

Par contre, dans l'intimité, elle ne cessait d'énumérer ses complexes et ses limites.

Pourtant, il s'agissait d'une très belle femme dont le charme et le sex-appeal prenaient beaucoup de valeur et d'ampleur avec le temps. Tout comme Fadil d'ailleurs.

Incapable de vieillir et de grossir, il était condamné à plaire et à séduire, ad vitam æternam.

Néanmoins, il craignait constamment de finir ses vieux jours dans la plus profonde des solitudes. Cette peur, non fondée, tenait son origine d'une histoire d'amour éprouvante et douloureuse qui avait définitivement forgé sa personnalité.

Ainsi, il s'était interdit de ne plus jamais tomber amoureux de qui que ce soit. Ce qui n'avait empêché un fort attachement à sa partenaire privilégiée. Et ce, même si ce lien unique et étroit avait un coût élevé qui avait notamment permis l'achat, rubis sur ongle, d'un luxueux appartement, d'une superficie nettement supérieure à 100 mètres carrés, dans un quartier très huppé.

Un prix somme toute assez faible aux yeux de Latifa qui avait rencontré Fadil lors d'une soirée très prisée où la concurrence était plutôt rude, pour ne pas dire féroce.

Une nuit dans laquelle le gigolo était, comme à sa fidèle habitude, mais dans un but non recherché, l'attraction de la soirée.

Dans ce genre d'événements, il se contentait d'exhiber timidement sa parfaite plastique et de laisser parler son charisme pénétrant.

Sa réputation non usurpée et son titre officieux, de meilleur brouteur marocain, étaient dus à un efficace bouche à oreille émanant d'anciennes maîtresses complètement conquises, heureuses d'en avoir eu pour leur argent.

Et avait fini d'affirmer sa légende et d'accroître son pouvoir d'éblouissement.

Il était définitivement le prostitué le plus couru de la capitale touristique. D'ailleurs, certaines gentes et riches dames accourraient des quatre coins du pays afin de tenter leur chance. En vain, puisque Fadil refusait autant de quitter sa ville de naissance que de recevoir à son domicile.

Lors de cette fameuse soirée, il avait rapidement repéré Latifa. Son regard triste mais bienveillant et accueillant l'avaient irrémédiablement attiré. Et l'intérêt fut automatiquement réciproque. Appréhendant sa timidité et sa réserve, il l'approcha habilement, avec une féline délicatesse. Le svelte lança des regards furtifs mais francs et profonds, avant d'être formellement présenté à sa « cible ». Puis, il s'engagea avec générosité et spontanéité dans une longue discussion sincère et assez ouverte où il ne pût toutefois encore tout révéler, notamment sa véritable profession, se contentant de préciser qu'il était un prestataire de « services ».

Alors que les serveurs firent comprendre, avec subtilité et délicatesse, aux clients que l'établissement allait bientôt fermer, ces derniers s'attardèrent davantage. A l'exception de Fadil qui proposa à Latifa de la raccompagner chez elle. Ce qu'elle accepta d'un sourire timide mais éloquent.

La nuit claire de ce vendredi du doux mois de mai semblait infinie. Et propice aux plus folles aventures.

Le gigolo profita de ces circonstances pour affuter sa séduction, sans pour autant la précipiter. Une fois garé devant le domicile de la business woman, il saisit l'occasion pour proposer un rendez-vous dès le lendemain.

Une fructueuse initiative qui se concrétisa par la programmation d'un déjeuner.

Ainsi, ils se retrouvèrent ce fameux samedi dans un grand restaurant possédant une vue panoramique sur l'océan. Et ne se quittèrent plus un seul instant pendant le reste du week-end, savourant deux nuits de suite dans le loft du bel éphèbe.

L'occasion de largement se découvrir intimement avec notamment des ébats non rétribués, Latifa ignorant encore à ce moment la nature exacte et précise du métier de Fadil. Mais cette faveur était plus le signe de la générosité, de la bienveillance et de la spontanéité du dandy, ainsi que d'une forte et véritable attirance. Plutôt que la manifestation d'une quelconque manigance. Toutefois, la vérité devait rapidement être révélée. Au risque de devenir plus lourde et plus insurmontable. Alors, elle fut avouée à l'issue du petit déjeuner.

Outragée et se sentant fortement trompée, la quarantenaire intériorisa sa rage et ne présenta aucune réaction, son sang-froid demeurant son plus puissant atout et résultant de sa déformation professionnelle. Elle déclara ainsi à son interlocuteur qu'elle le rappellerait au courant de la semaine. Au grand stress de l'étalon, persuadé qu'elle ne le contacterait jamais. C'était sans connaitre la personnalité de Latifa, femme dont la parole était aussi robuste que son intelligence.

Son discernement lui avait notamment permis de ranger sa fierté et de profiter de l'opportunité qu'offrait cette situation. Longtemps seule car fatigué par le narcissisme et le machisme de ses nombreux courtisans, elle ne souhaitait qu'un homme qui la traiterait comme une égale avec estime et compréhension. Peu importe si elle devait en payer un montant assez élevé et mensuel. Elle savait avoir trouvé en Fadil, la personne qui comblerait toutes ses attentes. Voire plus. Et, en plus de sérieux avantages pécuniaires et matériels, elle comptait bien le considérer avec respect, même si leur relation devait rester discrète. Casablanca étant une petite ville de 5 millions d'habitants, cette liaison tarifée, naturellement illégale et immorale (au regard de beaucoup) était juridiquement dangereuse mais également néfaste pour sa réputation.

De son coté, Fadil était plus soulagé que satisfait par l'appel de Latifa. D'un point de vue financier, principalement. Mais non uniquement. Lui qui préfère ne pas se perdre parmi plusieurs clientes, étant farouchement de nature monogame et ayant le besoin d'être attiré plus humainement que physiquement pour délivrer une convaincante libido. Sans parler de son romantisme en totale non-conformité avec sa profession.

Fleur bleu, il avait paradoxalement trouvé sa vocation à l'issue d'une grande et profonde déception sentimentale.

Brillant agent immobilier avant cela, l'organisation de la visite de fastueux logements à la gent féminine et célibataire lui avait procuré une inusable assurance quant à sa faculté de séduire sans le moindre effort ni le risque de tomber dans une aberrante arrogance.

S'il avait joui durant de longues années de cette facilité, elle lui avait également créée énormément d'ennuis. De la part d'époux ou d'ex-maris dont il ignorait d'ailleurs l'existence, de conquêtes envahissantes et rancunières et donc par conséquent, de sa hiérarchie. Ce qui l'avait poussé à quitter son emploi et ses privilèges. Sans perdre au change, puisque sa nouvelle activité était au moins tout aussi lucrative. Et moins périlleuse, à condition d'œuvrer dans la discrétion et de ne viser exclusivement que des femmes célibataires. Cependant, Fadil se sentait incapable d'aimer à nouveau. Qui que ce soit.

Depuis son inconsolable rupture, il définissait l'amour comme une sorte d'immense vertige, dans son aspect suicidaire bien plus que dans son coté enivrant.

Malgré toute l'affection et la tendresse que Fadil éprouvait pour Latifa, il savait pertinemment qu'il ne finirait jamais ses jours à ses côtés.

Son cœur éternellement déchiré ne pourrait mentir et accepter toutes les obligations et la pression d'un engagement officiel, voire officieux.

Et même s'il le pouvait, il y aurait bien d'autres obstacles.

Le mariage entre prostitué(es) et client(es) est bien plus fréquent qu'on ne le pense au Maroc. Mais pour en arriver là, il faut une large ouverture d'esprit ainsi qu'un profond mépris pour le regard extérieur. Un luxe que ne pouvait se permettre l'efficiente femme d'affaires. Elle était déjà dans l'incapacité de présenter son amant entretenu à sa propre famille, à cause d'un code assez archaïque et d'un orgueil collectif qui l'est tout autant. Pour ne pas dire une conventionnelle idée de la morale. Alors qu'il n'y a rien de plus honorable que de légitimer la rédemption, en regardant un passé honteux en face et en constatant son contraste avec le présent.

Fadil n'avait aucune inquiétude au niveau de son portefeuille mais ses regrets allaient dans une direction plus familiale, avec la tristesse de ne jamais avoir de progéniture. Le dépit de ne laisser le moindre héritage, ne serait-ce qu'éducatif ou intellectuel. Et cette constante et perpétuelle angoisse de finir ses jours dans la plus silencieuse des solitudes. Portant sa future et inévitable mort dans un rapide oubli. Tout comme la fin de sa vie. Son sacrifice ressemblait à de l'égoïsme mais il estimait que la meilleure façon de préserver ses enfants, d'une existence perturbante et destructrice, était de ne pas en avoir justement.

Réseaux
Solitaires

Après une longue et dernière pose magistrale, le jour s'allongeait massivement, mais avec grâce, sur une nuit naissante et fébrile, en ce mois de juin 1998, déjà volcanique. L'équipe nationale du Maroc allait de nouveau participer à une coupe du monde, 12 longues années après y avoir réussi un certain exploit. Cet évènement heureux et prometteur ne suffisait à accaparer l'esprit de Naif qui n'avait pas encore fêté ses 17 ans.

A son jeune âge, les conquêtes féminines représentaient aussi bien un rêve qu'une pulsion refoulée. La faute à des manques conjugués de confiance et d'expérience. Et un romantisme bien plus proche de la candeur que du sentimentalisme.

Réseaux solitaires

Portant assez bien un prénom signifiant en arabe celui qui excède et qui se surpasse, le tout jeune homme restait bloqué dans son enfance. A cause d'une adolescence catastrophique notamment. Qui, avec d'autres facteurs, a curieusement contribué à une étonnante, éternelle et infinie pureté. Ce qui, en prime d'une profonde timidité, ne le rendait clairement pas désirable auprès de la gent féminine, ou du moins celle qu'il convoitait.

Car il avait reçu de franches avances, surtout entre 19 et 22 ans. Mais sa timidité et son exigence l'avaient poussé à décliner ces sérieuses et belles sollicitations. Qu'il ne cessa de regretter depuis.

Et ce, malgré une insolente réussite qui s'en était suivi. Le temps pour Naif de comprendre qu'il était en train de fuir sa propre jeunesse. Ses opportunités, leurs jouissances et les leçons qui, inévitablement, en découleraient. Le fort risque de regrets subsistants et s'accumulant contraignait le casablancais de naissance à accepter l'aventure que représentait la vie. Et la suivre. Peu importe où cela le mènerait.

Il fût remarquablement bien aidé par les conseils plutôt avisés de son père, dont la réputation d'immense séducteur a été démontrée par un incalculable nombre de conquêtes.

La première recommandation paternelle visait à cibler des filles plus accessibles, mais non forcément moins jolies.

À cette époque de l'existence de Naif, le regard extérieur imposait une écrasante importance pour la personne timide et complexée qu'il était. Et la meilleure façon d'aborder, sans risquer la moindre gêne ou honte ressentie en réaction à un public toujours curieux et insensible, restait internet et ses multiples possibilités. Déjà en 2003.

Surtout que le chemin avait été soigneusement tracé par le géniteur du candide, qui, pour aider son fils, avait séduit une jeune fille par le biais d'un site de rencontres, ne se privant à cette occasion de se faire passer pour son rejeton. Avec succès puisque le jeune homme allait vivre un moment assez spécial et mettre ainsi fin à un désert affectif de plus de 8 ans. Et ce, même si ce mémorable après-midi n'allait pas aller plus loin que le simple béguin.

Il avait également eu le mérite de donner une inespérée confiance à Naïf, qui ne voulait certainement pas en rester là.

Rapidement, le succès devenait insolent et le procédé de séduction, franchement routinier. Et la quasi-décennie de disette en matière de flirts se transformait en soif de batifolages incessants et variés, ainsi que (et surtout) de découverte de l'être féminin. Dans toute sa diversité et sa fragilité. Ses failles, sa force, sa psychologie, son intelligence et sa malice.

La réussite engendrait plus d'expérience et d'exigence, cette dernière restant intimement liée aux aspirations constamment grandissantes de l'éphèbe affamé. Et le poussait déjà à revoir certains de ses plus grands principes comme la vérité, l'authenticité et la sincérité.

Afin de plaire à des femmes de son âge ou plus âgées, il se vieillit d'une dizaine voire d'une quinzaine d'années, entretenant de mensonges savamment construits par une attitude mûre et posée qui lui donnait presque l'impression de jouer la comédie.

Ce stratagème, plutôt efficace, dura quelques années. Et ce, même si, la première tentative, pourtant fructueuse, avait réussi à culpabiliser le garçon de 22 ans qu'il était à ce moment bien précis. Laissant croire qu'il avait 53 ans à une femme qui allait sur ses 45, il se dégonfla à la dernière seconde lorsque la courtisée lui révéla son adresse au beau milieu de la nuit, l'invitant à la rejoindre dans son appartement. Mais Naif avait peur de devoir assumer sa duperie, trop grossière pour ne pas être déjouée aisément et promptement. Surtout sans maquillage ou autre artifice. Également, il ne put s'empêcher de s'en vouloir de s'être moqué involontairement d'une personne fortement respectable, de ne pas avoir su combler une attente qu'il avait lui-même créée de toute pièce et, surtout, de lui avoir fait perdre un temps qui est toujours précieux. Cependant, les remords ont rapidement laissé leur place à un superficiel sentiment de fierté. Ce qui rajouta à Naif d'autant plus d'assurance. Voire d'orgueil.

Réseaux solitaires

À chaque fois qu'une relation biaisée par une transformation de l'âge commençait à devenir sérieuse, Naif ne put contenir la vérité et la confessa. Mais ce genre de fautes ne fut jamais pardonné. Et furent parfois accompagnées de terribles représailles.

En empruntant cette voie, le damoiseau était devenu, sans le vouloir, un pur produit marketing. S'adaptant aux besoins et aux envies de ses cibles, il avait spontanément pratiqué de la publicité mensongère. Même si ses intentions demeuraient pures.

Par contre, lorsqu'il entreprit la rencontre et le flirt avec plusieurs personnes dans la même période, seule la vanité dirigeait cette stupide et chronophage initiative, indigne de l'homme entier qu'il pensait être. Pour sa défense, il faut ajouter que draguer sur le net peut rapidement mener à de cruelles déceptions sentimentales.

Et, pour pouvoir promptement rebondir et ménager son cœur des aléas et des fourberies, le détachement ne pouvait réellement se matérialiser qu'en courant plusieurs lièvres à la fois.

Toutefois, Naif avait failli s'emmêler les pinceaux et confondait les rendez-vous en mélangeant les lieux et les prénoms. Alors il décida de mettre un terme à son abondante et puérile activité avant que celle-ci ne le ridiculise davantage. Et pris le parti de se recentrer sur son réel objectif : trouver ENFIN son âme sœur.

Avant cela, afin de se libérer de son plus lourd fardeau, il était assez impatient de perdre son pucelage, mais ne savait comment y parvenir. Naif ne tombait que sur des filles vierges ou prétendant l'être. Et refusait, par principe, de déchirer quelque hymen que ce soit, se contentant de l'ennuyeux « coup de pinceau »,

pratique sexuelle totalement frustrante et de
rares fellations qu'il adorait recevoir.

Le tant attendu coït se produisit enfin à l'âge de
25 ans. Sa conclusion, toute en apothéose
ressemblait fidèlement à l'atterrissage d'un saut
en parachute. Notamment en cette divinement
troublante sensation de ne plus toucher le sol.

La voie tracée était encore plus prononcée.

Et, grâce au sympathique et efficace site au nom
éloquent de MeexUp, Naif allait rapidement
enchaîner les week-ends purement sexuels. De
son côté, l'espoir d'un amour pur et profond
s'échappait en toute discrétion.

Et ce, malgré une relation intense, se déroulant à
l'aube de la trentaine de l'homme (de moins en
moins timide), qui avait débuté après une longue

nuit de discussion sur Facebook. Certainement le plus complet des réseaux sociaux existants.

Cette courte mais fusionnelle idylle allait provoquer bien des dégâts et définitivement endurcir le célibataire. Il avait placé énormément d'espoirs en cette relation et la voyait inévitablement se transformer en mariage.

Au lieu de cela, la cruelle désillusion de cet amour bref, fou et déchu poussait le solitaire à accumuler les aventures.

Des liaisons qu'il ne voulait plus initier par l'intermédiaire d'Internet mais par de vraies rencontres physiques, hasardeuses et excitantes dans les pubs, les supermarchés et même le train. Naif désirait vaincre définitivement sa timidité et se démontrer à lui-même que ses capacités séductrices largement prouvées à l'écrit pouvaient nettement être efficaces à l'oral. Le naturel revenant toujours au galop; il retournait

forcément à son terrain de chasse naturel. Le
web, qui avait su le forger.

Mais le cap franchi de la trentaine, son célibat et
son incapacité à trouver l'élue de son cœur le
rendaient de plus en plus nerveux. Et cela se
ressentait dans ses prospections numériques et
quotidiennes. Sans s'en rendre compte, il tombait
peu à peu dans la perversité et d'autres périls
bien plus dangereux.

Avant, au détour de questions particulièrement
ouvertes, il ne cherchait qu'à connaître la
psychologie de ses interlocutrices, pour tenter
d'enfin décrypter le mystère féminin et de
trouver une éventuelle compatibilité à long
terme. Désormais, les intentions étaient
beaucoup plus crues, rapides et concrètes. Seul
l'interrogatoire routinier demeurait avec des
questions qui tenaient plus du toc que de la
pertinence.

Réseaux solitaires

Facebook est l'endroit parfait pour les narcissiques en tout genre et de tout poil. Un lieu où il est aisé de se laisser désirer avec une profonde froideur qu'il est facile de justifier. Ce qui engendre un immense lot de frustration. Surtout pour Naif, qui, lorsque les choses ne tournaient pas en sa faveur, perdait son calme. Et si l'on osait se moquer ouvertement de lui, où se montrer offensant, il n'hésitait pas à envoyer la photo de son sexe. Tout simplement.

Cette basse réaction provoquait toujours chez lui de lourds regrets en plus d'une colère froide et d'une lente mais progressive dépression.

Ce sentiment était entretenu par de parasitaires échanges et quelques pièges disséminés ici et là. L'un d'entre eux s'est avéré particulièrement dévastateur et a contraint Naif à réfléchir et à revoir légèrement son approche. Après avoir été ardemment perturbé.

Réseaux solitaires

À force de confondre chat et masturbation, il
était tombé dans un traquenard qu'il avait lui-
même, sans le vouloir et sans le savoir, dessiné.
 De plus en plus attiré par les bimbos en chair et
en courbes, Le libidineux était automatiquement
tombé sous le charme d'une sculpturale créature
aux formes généreuses. Prétendant habiter aux
États-Unis, cette dernière demanda de
poursuivre la conversation sur l'application Imo,
capable d'enregistrer les appels vidéos.
Ce qu'ignorait totalement l'éternel candide.
Arguant une incompatibilité technique entre son
téléphone et Messenger, la perfide interlocutrice
parvint à convaincre cet attardé sexuel désireux
de savourer une relation sensuelle et virtuelle
avec une bombe atomique, profitant ainsi de son
excitation sourde et aveugle.
Lors de l'échange visuel et interactif, la jolie
nymphe prétexta une douche pour ne pas avoir à

parler. Naif n'en avait cure. Son visage, dont les traits, exagérés par l'effervescence, ressemblaient à s'y méprendre avec ceux du célèbre loup de Tex Avery ou ceux de Nicky Larson dans ses instants les plus grossiers. Un sacré moment que la caméra de son téléphone avait impitoyablement capturé tout comme elle avait su immortaliser sa lamentable branlette. Puis, l'échange visio-interactif s'arrêta, et la jouissance allait rapidement céder sa place à la honte.

La divine correspondante était en fait un hacker minable. Une crapule sans le moindre scrupule qui avait enregistré la vidéo de sa victime et s'apprêtait à la faire chanter.
Mais avant cela, le petit pirate informatique insultait allègrement sa proie à peine piégée.

Réseaux solitaires

Et invoquait la différence de classe sociale pour tenter de justifier son infâme acte.

Il fallut de nombreuses secondes à Naif pour comprendre toute l'étendue de cette supercherie. Mais son instinct de survie dominait déjà son subconscient.

Son premier réflexe fut de demander à son maître chanteur ce qu'il voulait en échange de la suppression de la vidéo volée.

S'attendant à se voir extorqué d'une somme de plusieurs dizaines ou centaines de milliers de dirhams, Il reçut une réponse des plus ridicules qui soit. Un montant d'une faiblesse qui dépassait largement l'entendement. Une image de carte prépayée pour mobile d'une valeur de 200 dirhams. Ce qui décuplait l'humiliation.

Instinctivement, le quasi-escroqué envoya balader l'auteur de ce sordide racket après un légitime et ultime avertissement de prévenir la police. Et, pour son propre salut, il décida de sortir pour prendre l'air et marcher afin de se calmer et de pouvoir retrouver ses esprits. Et donc, son intelligence.

D'emblée, Naïf se remémorait toutes les histoires relatives au chantage sexuel qu'il avait lues. Notamment, cet habitant du golfe qui s'était suicidé après la divulgation d'une vidéo intime malgré la lourde somme qu'il avait payée.

Plutôt que de s'inquiéter, l'homme abusé préféra tirer une force inespérée de cette cruelle injustice qui l'accablait et la méchanceté gratuite qui le frappait sournoisement. Tout ceci le poussait à surmonter cette épreuve là où d'autres ont échoué y laissant leur âme où leur vie. Mais il devait se trouver des arguments de poids pour se tranquilliser et ne pas rester perturbé par cette sordide affaire.

Réseaux solitaires

Toute éventualité devait donc être parée, en se préparant au meilleur comme au pire.

Il était largement possible voire même inévitable que le malfaiteur abandonne son projet au vu de son automatique insuccès. Le cas échéant, la personne menacée pourrait toujours ignorer ou nier l'évidence. D'autant plus que le faciès, présent dans ce document compromettant, n'était pas très clair et pouvait donc appartenir à n'importe quel autre individu.

Naif était particulièrement dégoûté par cette énième et abominable histoire numérique. Alors qu'il pensait déjà avoir rencontré des personnages des plus épouvantables, la réalité continuait de réapparaître sous ses dehors les plus abjects.

L'ancien timide maladif avait choisi les voies du chat pour son écrasante discrétion tandis que d'autres avaient opté pour ce biais en raison de sa relative impunité.

D'ailleurs, l'innocent orgueilleux s'amusait, au départ, de recevoir et de déjouer les vaines tentatives d'arnaques en tous genres pour mieux gonfler son orgueil. Mais la fierté est un bouclier qui finit immanquablement par se fissurer. Des brèches dans lesquelles la vileté et la lâcheté ne présentaient la moindre difficulté pour s'engouffrer.

Après des années d'utilisation, le constat de la recherche amoureuse sur les réseaux sociaux était franchement désespérant.

Certes, le célibataire endurci n'était exempt de tout reproche. `À force de fantasmer et solliciter virtuellement la chair, Il tomba dans une certaine forme de luxure et de misère sexuelle tout en évitant miraculeusement le piège de la perversité.

Il sortit de cette épineuse mais immobile situation en se recadrant. Plus aucune réaction inappropriée voire plus la moindre nervosité face à la provocation ou au mépris.

Quant à l'exhibition de ses parties intimes, il ne la réservait qu'aux personnes dont il avait vérifié l'identité. Après une assez longue discussion et la présence d'un désir certain.

Justement, la libidineuse envie était de plus en plus rare malgré une abstinence qui commençait à se compter en années.

Naif en avait assez des aventures qui cessaient dès que le plaisir sexuel fut à peine assouvi. Mais également des rencontres, sans lendemain voire insipides, dont le seul but étaient de flatter son ego et de remplir (de façon agréable) son emploi du temps, pourtant déjà assez chargé.

Réseaux solitaires

Bien qu'un fabuleux outil de contact, le Net biaise forcément les relations. Et ce, même lorsque les discussions sont sincères. Tout simplement, car ces connexions résultent d'actes avec intentions. Trouver l'élu(e) de son cœur ou le (la) partenaire de sa vie passe obligatoirement par un objectif clairement désintéressé. Du moins dans un premier temps.

Certes, les fréquentations virtuelles se transforment parfois ou souvent en entrevues physiques. Et, ces dernières terminent toujours par révéler la vérité de la nature et la finalité de ces rapports.

S'il est un formidable moyen de se procurer une constructive confiance et d'abattre tous les murs de la timidité et de la pudeur, le Web n'est au final qu'une abyssale perte de temps.

Réseaux solitaires

En définitive, il n'y a pire expérience solitaire que de traîner de longues années sur les réseaux sociaux où les sites de rencontres tout en demeurant célibataire.

Naif l'avait bien compris après un long laps de temps. Et cela lui procurait chagrin et regrets. Les 500 conquêtes ne suffisaient à consoler l'indestructible amour qui tardait à pointer le bout de son nez.

Le romantique introverti était devenu un obsédé sexuel occasionnel. Plutôt que de se demander comment il était tombé dans pareille bassesse, Il préférait se questionner sur les causes de sa situation non-maritale.

Bien évidemment, Internet ne suffisait à tout expliquer.

Mais il lui avait permis d'explorer l'âme humaine au travers de plusieurs types de comportements répréhensibles.

Réseaux solitaires

Les incivilités, l'agressivité injustifiée, quelques insultes et le mépris prémédité et organisé ont, fort heureusement, été largement comblés par des instants bien plus agréables, voire délicieux. En outre, ces moments auraient très bien pu se dérouler dans des endroits publics. Avec au minimum, la même violence. Cependant, vivre un incident frustrant et/ou vexant, dans le silence et la discrétion d'une chambre ou d'un salon, a paradoxalement un aspect plus perturbant.
Les dommages sur l'humeur sont retardés mais peuvent être exacerbés.

À l'aube de la quarantaine, Naif déplorait l'ensemble de son expérience amoureuse et tous les enseignements qu'il avait su en tirer.
Car, selon lui, cela l'éloignait de la romance durable.

Réseaux solitaires

En matière de rapports humains, le trop-plein d'informations n'offre aucune garantie sur une interprétation précise des faits.

Le diable se cachant dans les détails, deux attitudes similaires n'ont pas forcément la même arrière-pensée ni le même dessein.

Des erreurs de jugement qui pourraient expliquer la solitude et le désarroi de plusieurs personnes, pourtant bienveillantes et affectueuses.

Qui suis-je ?

Qui suis-je ?

Je suis Mohamed, âgé tout juste de 40 printemps.
De nationalité franco-marocaine, bien que je n'ai
passé que 3 années dans l'Hexagone.
La faute à des études assez compliquées et un
sentiment de rejet lié à ma "différence".
Tout débuta le 5 septembre 2000, à l'aéroport de
Casablanca, lorsque je quittai pour la première
fois mon pays de naissance et celui qui m'a vu
grandir. Sitôt arrivé à Paris, je pris un autre avion
à destination de Clermont-Ferrand. Avant de me
diriger en voiture vers Riom, située à 15 km de la
capitale du Puy-de-Dôme.

Qui suis-je ?

La première semaine fut difficile. Mais pas assez pour ne pas remarquer les regards curieux de mes camarades de l'internat qui me dévisageaient effrontément.

Certes, j'étais le seul "étranger" à dormir dans cet établissement. Tant pis pour ma bi-nationalité. Et pour des villageois fraîchement urbanisés, apercevoir un arabe (même si je ne suis qu'un maghrébin avec une origine française) s'apparente fortement à croiser la route d'un extraterrestre. La crainte demeure la principale réaction humaine de l'ignorance.

Pourtant, l'ensemble de ces personnes, plutôt bienveillantes dans l'ensemble, ne cherchaient qu'à mieux me connaître. Ne serait-ce que pour assouvir leur profonde curiosité. Mais lorsqu'elles se heurtaient à la barrière culturelle et celle des mentalités, le réflexe de la distance reprenait aussitôt. À moins qu'il ne s'agissait que d'une incompatibilité d'humeur ou de caractère.

Pendant les 19 années qui ont suivi ma naissance, passées à regarder des émissions françaises (merci TV5, Canal+ Horizon et TPS), l'image que j'avais de la France était celle d'un pays ouvert, libre et évolué. Sans oublier son assidue et accueillante fraîcheur.

Malheureusement, la réalité auvergnate fut toute autre. Dès que le climat évoluait vers sa phase la moins clémente, la plupart des comportements devenaient beaucoup plus froids voire agressifs. Ce que je comprenais parfaitement à l'époque en raison du niveau que pouvait atteindre la température, très souvent en-dessous de zéro. Par contre, certaines réactions, à des faits banals, avaient le don de me hérisser le poil.

À l'instar de plusieurs peuples, peu importe le continent, beaucoup de français ont l'indignation facile. Et à moralité variable. Dans un environnement plein de stress et de dépaysement, où l'on se sent fortement et constamment discriminé ainsi que stigmatisé, cette attitude outrageusement hautaine ressemblait à de la xénophobie.

Il m'aura fallu deux pleines décennies pour comprendre qu'il ne s'agissait purement et uniquement que d'un profond et total mépris. Le signe le plus flagrant d'une arrogance déplacée.

Le plus perturbant, étaient toutes ces remarques, "réflexions" et insultes que j'ai subi pendant mes 3 saisons de résidence en France de 2000 à 2003. Et qui me rappelait tous les jours ma différence, malgré le fait que mon sang et donc mon cœur étaient également français.

Par exemple, pendant toute la période qui a précédé l'obtention de mon baccalauréat, pas une seule journée ne s'est déroulée sans que je n'entende le mot "chameau". Alors que je n'en vis pour la première fois qu'à mon retour définitif au Maroc, sur la plage de Bouznika, à des centaines de kilomètres du lieu naturel d'habitation de ce noble animal. Un curieux moment où je ne pus m'empêcher de penser que le cynisme est aussi de savoir fructifier les stéréotypes que l'on subit.

Parfois je fus traité « affectueusement » de ragondin, un nom que je ne connaissais pas, ce qui a donc sensiblement enrichi mon vocabulaire.

À cette époque, également, j'ai découvert que la couleur de ma peau était grise. Immense nouvelle.

Pris individuellement, chacun de ces faits n'avaient absolument rien de grave. Du moins à ce moment précis de mon existence où ma personnalité était loin d'être forgée.

Mais sur la durée, ce harcèlement ordinaire est rapidement devenu insupportable.

Surtout, il est très difficile de savoir comment réagir face à ce genre d'agressions verbales.

Montrer des signes d'agacement, en plaisanter ou procéder à de l'autodérision sont des attitudes qui ont plutôt tendance à développer la discrimination en augmentant ses injures.

Seule l'indifférence, voire le mépris, permet de tout remettre à son exacte place. À imposer le respect en éliminant les nuisances sonores.

Comme cela a parfaitement été attesté dans le film "Les couleur de la victoire" (dont le titre original est "Race"), brillant biopic sur l'athlète afro-américain Jesse Owens et ses exploits au JO de 1938 à Munich, devant Hitler.

Qui suis-je ?

Notamment, Lors de cette fabuleuse scène de vestiaire dans laquelle le coach du sprinteur l'a réconforté en lui affirmant que les remarques stigmatisantes n'étaient en réalité que du bruit. Sauf que cette turbulence tourne promptement à l'intolérable. Et à l'inévitable, lorsque l'on est à l'école ou dans un environnement plutôt restreint où la camaraderie et les amitiés sont plus forcées que choisies. Ici, le dédain n'est pas plus efficient que l'insulte ou l'injure en légitime défense. Seule une plainte, aux autorités concernées, peut faire effet. À condition de briser cette ancestrale et grotesque loi du silence. Ou de pouvoir compter sur une institution responsable et impartiale.

Ce qui ne fut pas le cas en 2002 avec un événement aussi incompréhensible qu'exécrable. Convoqué par la proviseure adjointe, je me heurtais à une infamante injustice.

Qui suis-je ?

Après une année et demie d'internat, le jeune Mulder (surnom donné en référence à la série X-Files : Aux frontières du réel) était le souffre-douleur de tous ses camarades masculins.

Excepté moi. J'étais également le seul « étranger » du pensionnat. Mais l'unique personne entendue par la direction de l'établissement.

Les paroles de la numéro 2 du lycée étaient à égale distance du sous-entendu sournois et de la franche accusation.

Impossible de me remémorer le contenu exact de ces propos.

Par contre, je me souviens très bien de son ton froid et sec mais aussi du visage désolé voire consterné de la CPE adjointe, également présente à cette "réunion".

Qui suis-je ?

En ce temps-là, je respectais beaucoup trop l'autorité pour me rebeller contre les abus de son pouvoir.

Donc, je n'ai utilisé ma bouche que pour affirmer mon étonnement. Tout en veillant précautionneusement à ce que mon regard exprime un maximum d'aversion.

Paradoxalement, je refusais de voir en ce sale quart d'heure une quelconque forme de discrimination mais plutôt un zèle bien plus proche de l'incompétence que d'une réelle envie de solutionner ce problème délicat et urgent qu'est le harcèlement scolaire. J'avais toutefois des doutes sur l'objectivité et la capacité de discernement de cette vieille blonde ignorante. Ces derniers ont été fermement levés lors d'une discussion calme et franche avec Mulder, quelques semaines après l'incident.

Qui suis-je ?

L'élève de seconde me révélant que la première collaboratrice du principal avait insisté sur mon nom pendant leur entrevue. Contrairement à lui, qui ne l'avait jamais évoqué. Ce ne pouvait être une simple et pure coïncidence.

Durant mon séjour à l'internat, une autre séquence m'avait profondément marqué.

Devant moi, un camarade disait à un autre :

« Momo (mon pseudo en France) est très gentil. Si seulement, tous les Arabes pouvaient être comme lui ... »

D'un côté, cette dernière phrase était totalement flatteuse. De l'autre, elle était terriblement consternante. Si à cet instant bien précis, ma réaction rejoignait le premier sentiment, aujourd'hui (et depuis des années), mon état d'esprit est complètement imprégné du second. Malheureusement, la discrimination dépassait allègrement les limites du milieu scolaire.

Qui suis-je ?

Pendant les 3 saisons que j'ai passé dans l'Hexagone, pas une seule fois je ne suis sorti d'un magasin sans être fouillé. Ce qui est intolérablement infamant pour une personne aussi honnête que moi, incapable de voler la moindre babiole.

Sans oublier, les moments infiniment désagréables à l'aéroport lorsque les douaniers inspectaient systématiquement mes bagages, comme s'ils étaient persuadés de trouver des substances illicites.

Cependant, un fait rassurant allait venir piétiner cette ambiance stigmatisante.

Confortablement installé sur mon siège lors d'un vol Paris-Clermont-Ferrand, le cockpit annonçait la qualification de Jean-Marie Le Pen au second tour des élections présidentielles. Avant d'accueillir cette information avec stupeur et abattement, j'entendis un couple de personnes dans la force de l'âge et de souche française (ou européenne) manifester, par un profond soupir, leur extrême désolation. Cette indignation salvatrice me donnait du baume au cœur. Et une certaine confiance en l'avenir du pays. Car cela signifiait que la xénophobie comme toute autre forme de discrimination ne passerait pas ou plus. Surtout avec cette campagne, urbaine et scolaire, menée pour empêcher l'arrivée de l'extrême droite à la présidence de la République. Une belle vérité qui n'est malheureusement plus d'actualité.

La faute à des médias qui, toujours à la recherche d'audiences plus florissantes, ont beaucoup trop donné la parole à l'extrême-droite, sans la moindre contradiction. Légitimant l'importance de ce bord populiste et stigmatisant en augmentant la notoriété des élus et en fabriquant des éditorialistes, les chaînes d'information ont développé une situation déjà épineuse, la rendant problématique voire catastrophique. Une ribambelle de penseurs amalgamant Islam et terrorisme, visant certains musulmans pour mieux discréditer tous les noirs et les arabes. Apparemment, il n'était pas suffisant de considérer ces deux minorités visibles comme des voleurs et des délinquants. Il fallait absolument pousser plus loin le bouchon de la discrimination. Tout a commencé il y a un peu plus de 15 ans, en 2006, lors de l'arrivée du polémiste Éric Zemmour sur la principale chaîne du service public, France 2. Le journaliste qui avait essayé d'écrire deux biographies, opportunistes et médiocres, à la psychologie vaseuse sur Édouard Balladur et Jacques Chirac, s'était d'abord érigé contre les femmes avec son ouvrage " le premier sexe". Avant de publier deux ans plus tard, "Petit frère", roman jetant de l'huile sur le feu sur la relation,

entre deux communautés religieuses, déjà
houleuse suite à l'importation en France du
conflit israélo-palestinien, montant en épingle le
meurtre d'un jeune DJ juif par son ami
musulman.

Vint ensuite le temps où ses attaques contre
l'islam furent plus affûtées et sournoises. Afin de
balayer méthodiquement le terrain de la
discrimination, le néo-homme politique dénigra
tous les antiracistes et leur angélisme, n'hésitant
pas à poser le procès de la bien-pensance, la
brocardant en raillant son manque de sincérité et
de réalisme, la cataloguant en la définissant
souvent par l'expression : "monde de
bisounours". Ce "combat" fût largement repris
par ses acolytes.

Car la réussite télévisuelle de Zemmour a fait des
émules.

Qui suis-je ?

Les éditorialistes que sont supposément Ivan Rioufol, Élisabeth Lévy, ou encore Charlotte d'Ornellas. Cette dernière étant une farouche partisane de la suprématie chrétienne avouant regretter la laïcité et ses effets.

Depuis 2017, La nièce de l'archevêque de Rennes rejoint l'équipe de rédaction de valeurs actuelles (après en avoir été la stagiaire en 2009), magazine s'enfonçant chaque jour de plus en plus à droite. La même année marque le début de ses interventions dans l'émission "L'heure des pros" présentée par Pascal Praud. Ce journaliste sportif, devenu animateur d'une quotidienne politique, dont l'arrogance n'a d'égal qu'une abyssale médiocrité, était connu pour être un fervent réactionnaire. Cependant, la réalité est bien plus grave et est illustrée par des images de 1988 exhumées pour les besoins d'un documentaire de Canal+ contre le racisme.

Qui suis-je ?

Dans ce reportage pour Téléfoot, il osa demander aux joueurs noirs du FC Nantes de descendre d'un arbre. Comme s'ils étaient des singes...

Face à cette vidéo, l'ancien homme de terrain de TF1 a réagi en invoquant l'autodérision des footballeurs concernés, tout en reconnaissant le choc et l'indignation que cela causerait aujourd'hui. Une manière assez lâche de se dédouaner.

Depuis, le Breton de 57 ans ne franchit plus aucune limite sur certains sujets sensibles, tenant des propos qui ne tombent jamais sous le coup de la loi.

Contrairement à Zemmour qui a été condamné plusieurs fois pour incitation à la haine et injure raciale.

Sans compter les nombreux limogeages ou cessations de collaboration dont il fut sanctionné.

Qui suis-je ?

Pour des paroles indignes, encore plus de notre temps.

Ces délires et ces fantasmes, prenant la forme d'insultes et d'offenses, possèdent une double fonction. La première est de mobiliser un public de nationalistes haineux qui reçoivent du grain à moudre avec la récupération et l'instrumentalisation de faits isolés ou de vérité incomplète voire biaisée. La seconde intervient après le jugement, d'une diatribe répréhensible, qui permet au délinquant multirécidiviste de prendre la posture de victime politico-judiciaire et donc de dissident antisystème. Une stature très apprécié par les partisans de l'extrême-droite et non uniquement.

Il ne faut donc pas s'étonner de la candidature de l'ancien scribouillard du Figaro à la présidentielle de 2022. Tout comme l'importance des intentions de vote qui lui sont destinés.

Qui suis-je ?

Depuis une vingtaine d'années, l'enfant de Montreuil a gravi tous les échelons de la pyramide narcissique, allant de la simple notoriété au statut de personnalité incontournable voire de sauveur dans l'esprit malade de quelques simplets. Comme si tout était calculé d'avance.

Bien aidé par des medias complaisants qui ont manqué à leur devoir et une stupide intelligentsia qui a osé le qualifier d'homme brillant.

Malgré une histoire réinventée à son profit idéologique, une exagération de faits divers menant à l'essentialisation des minorités visibles, le rapprochement entre les écologistes et l'Islam uniquement effectué en raison de la couleur verte de leurs emblèmes respectifs, et enfin, la considération éhontée que la djellaba, portée depuis des siècles par de nombreux occidentaux, est le parfait synonyme de l'uniforme nazi.

Qui suis-je ?

En rajoutant, comme si cela n'était pas déjà assez suffisamment ridicule, l'appel aux "Français" de résister aux musulmans. Ce qui peut largement vouloir dire les tuer.

Définitivement blacklisté, il y a 7 ans, le polémiste a été remis sur le devant de la scène par Vincent Bolloré, l'oligarque français.

Le milliardaire breton qui avait déjà "gâté" Nicolas Sarkozy au moment de son investiture, encourage désormais (financièrement?) la candidature de son protégé affidé.

Après l'avoir soutenu contre vents et marées sauf lorsque le CSA l'a retiré de l'antenne en raison de la fortement probable postulation à la fonction suprême qui est désormais actée.

Le groupe Bolloré concentre principalement ses activités en Afrique, exploitant même des mineurs de 14 ans. Ce qui explique largement le statut de néo-colon de son actionnaire majoritaire.

Il est également considéré comme un ultra catho. Si l'on se réfère au rôle central opéré par la religion dans l'extrême droite, que cela soit le christianisme, le judaïsme ou l'islam, on comprend mieux l'empire idéologico-médiatique créé par Bolloré.

Un peu comme pour l'œuf et la poule, on ne sait plus si le culte construit et motive la pensée politique ou si cette dernière instrumentalise, transforme et pervertit la foi.

Il y a cependant des cas évidemment éloquents comme les terroristes islamiques qui ne doivent jamais être considérés comme des musulmans. Pourtant, chaque attentat a drainé son lot d'attaques islamophobes. Même si cette dernière forme de discrimination n'est pas reconnue par la

Qui suis-je ?

loi et donc, par conséquent totalement
autorisée, voire encouragée.

Or, la définition du blasphème est limpide :

*Parole qui outrage la divinité, la religion, le sacré,
et, par extension une personne ou une chose
considérée comme quasi sacrée.*

Cela ne concerne donc pas la communauté, les
croyants ou les sympathisants de quelque religion
que ce soit.

Ainsi, les caricaturistes, de quelque support que
ce soit, ne devraient jamais être inquiétés pour
un dessin sur un symbole sacré.

Par contre, lorsqu'ils s'attaquent à l'intégrité
morale ou intellectuelle d'une partie d'un peuple,
ils doivent être condamnés. Puisque la liberté
d'expression lorsqu'elle stigmatise autrui,
contribue à la haine et au danger.

Qui suis-je ?

Affirmer cela n'est en rien être insensible au sort des blasphémateurs zélés qui ont largement outrepassé ce droit mais qui y ont malheureusement laissé leur vie, rajoutant du choc et de la tristesse au scandale.

Le plus horrible est l'instrumentalisation de leur mort par des personnalités faussement laïques qui ont profité de la dictature de l'émotion voire du slogan, retardant jusqu'aux calendes grecques le débat urgent et indispensable sur la pénalisation de la musulmanophobie.

Encore une fois, le blasphème est salutaire pour la liberté et la démocratie d'un pays. Et renforce sa laïcité.

Surtout lorsqu'elle utilise une critique constructive.

Mais, il perd tout sens et tout bienfait dès qu'il s'en prend aux personnes les plus vulnérables de la société, puisque déjà discriminées.

Qui suis-je ?

Par exemple, Charlie Hebdo a parfaitement le droit de placer Mahomet dans la situation de Brigitte Bardot lors du classique 'Et Dieu créa la femme ». D'autant plus que cette image décalée amuse fortement et sincèrement le cinéphile que je suis.

Par contre, présenter le prophète comme le chef des terroristes, c'est quelque part, légitimer le discours des extrémistes sanguinaires et de conforter la position de ceux qui prétendent les combattre mais qui se nourrissent chaque fois un peu plus de leurs crimes.

Autre injustice criante de cruauté et de barbarie est la décapitation de Samuel Paty. Un enseignant courageux et respectueux de toutes les cultures, les croyances et les sensibilités.

Qui suis-je ?

Son seul but était d'ailleurs de partager la notion du droit de blasphème, son rôle dans la création de la société française actuelle et son importance dans la laïcité.

Le meurtre, dont il a été la victime, commandité et exécuté par de lâches et sauvages illuminés, donne du crédit aux thèses les plus folles et les plus fascistes. D'autant plus que ce genre abject de faits est de moins en moins isolé, ces dernières années.

Personnellement, je ne suis plus musulman depuis 2015 pour des raisons qui sont aux antipodes du terrorisme. Et il y a moult incohérences et invraisemblances que je me plais à relever.

 Le port du voile n'en fera jamais partie.

J'ai grandi dans un milieu francophone et laïc, dans lequel porter un foulard était forcément un signe de soumission et résultait d'une obligation

Qui suis-je ?

parentale ou maritale. Ce n'est qu'à mon retour définitif à Casablanca, en 2003, que j'ai compris tous les véritables tenants et les aboutissants de ce phénomène.

Si l'obéissance religieuse ou la proximité à Dieu était la seule explication du hijab, je n'aurais jamais pu avoir des relations sexuelles avec des personnes voilées. Ce qui, je le rappelle, est totalement proscrit avant le mariage dans le coran.

Quelque part, il est un crime intellectuel de faire de la volonté d'une femme un message politique. Interdire ce droit dès que le consentement n'est pas forcément garanti est tout aussi malhonnête. Imaginez un monde dans lequel on bannirait tous les rapports sexuels à cause des viols, dont l'annihilation ne peut être réelle que si l'on emprunte un autre chemin.

Qui suis-je ?

La pire discrimination que j'ai constatée n'est pas celle que j'ai vécue. Un jour, à la fin des années 2000, à Casablanca, j'ai vu une camarade de classe être traité de négresse en arabe par un marocain, qui a en outre craché sur le sol, non loin de sa victime. Cette fois-là, j'eus toutefois la satisfaction de voir la réaction pleine d'orgueil et de spontanéité de la Malienne qui a répondu en insultant son agresseur. Un cas de légitime défense qui n'a malheureusement pas réussi à étancher ma honte et mon affliction.

Un peu plus nombriliste que de raison, je ne pus m'empêcher d'établir le rapprochement entre cette situation entièrement exécrable et méprisable et mon cas personnel lorsque j'arpentais les rues auvergnates, dans lesquelles je n'avais jamais subi rien de tel. Ni même aperçu, car pareille chose n'existe pas en France. Du moins à la période où j'y vivais.

Qui suis-je ?

Aujourd'hui, rien n'est moins sûr. Surtout avec l'avènement de Génération Identitaire fondé en 2012 et issu indirectement d'Unité radicale, un autre groupuscule d'extrême droite, dissous en 2002 juste après la tentative d'assassinat sur la personne de Jacques Chirac, alors président de la République française.

Le mouvement politique français d'extrême droite identitaire qui lui a succédé, a également subi une dissolution en mars 2021.

Se présentant comme une association pleine de vertus, il a commis une série d'actions et de manifestations fortement éloignées du pacifisme en s'attaquant virulemment aux mosquées (donc aux musulmans), aux migrants et au mariage pour tous, la manière la plus hypocrite de cibler les homosexuels. Et continuent leurs méfaits idéologiques après une simple division et un changement de nom.

Qui suis-je ?

Cette fierté identitaire trahit un complexe, un sentiment de jalousie et la sensation d'être dépassé par une France dont la véritable définition est qu'elle ne cesse de se réinventer et qui y parvient en se mélangeant et en évoluant. Quoi que l'on en dise.

Je garde donc un immense espoir que la France retrouve du calme et donc beaucoup de raison. Certes, le clivage et l'outrage n'est réalisé que par une petite portion de nos concitoyens.

Mais les dégâts sont considérables et peuvent engendrer des réactions tout aussi condamnables.

Lorsque l'antiracisme emprunte une certaine forme de violence, il contribue à la discrimination, l'encourage et la légitime aux yeux des fachos de tout poil et de toute religion. N'oublions jamais, que Malcom X a d'abord été la voix majeure du nationalisme afro-américain avant de comprendre son erreur et de trouver sa rédemption, quelques mois avant sa mort.

Autrement dit, les victimes de stigmatisation ne doivent jamais racialiser la discrimination, en mélangeant le comportement de certains avec leur visage, leur origine ou leur religion. Comme s'il fallait absolument grossir un problème pour pouvoir le résoudre.

Cette attitude infiniment bête ne sert qu'à gonfler les rangs de l'extrême droite. Ainsi que sa légendaire mauvaise foi. Elle qui se plaint déjà du racisme anti blanc, un phénomène certes existant et donc incriminable mais largement exagéré.

Il est d'ailleurs entièrement absurde voire infamant de comparer le terme de « gaulois » avec l'injure de « nègre ». Si le premier est tout à fait péjoratif, le second est carrément horrible et renvoie directement à l'esclavage, la torture et donc ce qu'il y a eu de pire dans l'humanité. Avec la Shoah.

Heureusement mais tardivement, la censure et l'éviction, de tous les plateaux télévisés de France et de Navarre, des personnalités antisémites que sont Dieudonné, Soral, Nabe ou encore Renaud Camus a eu de bons effets. Mais cette solution semble insuffisante puisque plusieurs meurtres de personnes juives comme celui de Mireille Knoll, femme de 85 ans et qui doit être considérée comme la grand-mère, la mère et la sœur de tous les Français.

Il faudrait rajouter légalement le caractère discriminatoire de ce genre de crime et alourdir la peine qui en découle. Jusqu'à fixer et bloquer la durée de perpétuité.

Et être plus intelligent et constructif quant à la sanction du délit d'incitation à la haine et injure raciale. Un travail d'intérêt général serait plus adéquat qu'une vulgaire amende et un faible sursis. À condition d'accompagner cette sentence d'une mise à l'épreuve.

Autre mesure à prendre, le bannissement médiatique ad vitam æternam de toute personne proférant des paroles, des raisonnements ou des idées stigmatisantes à l'encontre de groupes d'individus en raison de leur CSP, leur appartenance religieuse, orientation sexuelle où leur origine. Car ici, la fameuse citation de Voltaire: « Je ne suis pas d'accord avec ce que vous dites, mais je me battrai jusqu'à la mort pour que vous ayez le droit de le dire » ne tient plus puisque la discrimination ne résulte jamais d'une opinion mais d'un sentiment nauséabond. À propos de philosophe français, ceux qui, aujourd'hui, prétendent mériter ce titre ne doivent jamais oublier la vérité affirmée par Albert Camus dans son fabuleux essai « Le mythe de Sisyphe » lorsqu'il déclare que la philosophie doit toujours prêcher le bon exemple. Une conduite que messieurs Finkielkraut et Onfray devraient respecter. Au lieu de constamment se fourvoyer.

Pour en revenir et en finir avec la nationalité, je n'ai jamais ressenti la moindre honte, ni le moindre complexe à être un franco-marocain.

Et j'aurais eu exactement le même état d'esprit si je possédais d'autres origines.

Surtout que ma bi-nationalité ne suffira jamais à me résumer puisqu'il faudra également compter sur mon vécu pour me caractériser.

Toutes ces personnes qui ont tenté de me bloquer dans une case, exclusivement Marocain pour les uns et totalement Français pour les autres, ne m'ont jamais troublé.

Car, avec leur esprit arrogant et fermé, ils ne pourront jamais m'apprendre qui je suis.